鷗外・ドイツ青春日記

森鷗外

現代語訳
荻原雄一

●Berlin 舞姫

●Dresden 文づかい

●München うたかたの記

未知谷
Publisher Michitani

目次

鷗外・ドイツ青春日記

明治十七年十月十二日。この日がなんの日かって？　おいおい。ちっぽけな津和野藩で生まれ、たかが二等軍医の、そうこのおれさまが、大ドイツ帝国の、それも大帝都ベルリンに着いた翌日だぜ。そうさ、おれは昨晩、朝食付きで一マルクの、「カイザー家具付きホテル」に草を結んで枕としたのだった。今朝はまだ早い。それでも、おれは胸の血が燃えたぎって、自分でも抑えきれない。「ここは大ドイツ帝国なのだ、大帝都ベルリンなのだ、やったぞ、おれはついに西欧の地を踏んだぞ！」ベッドから起き出して、窓のカーテンを押し広げた。シャドウ通りだ。そうだ、眼下には夜明け前のシャドウ通りが広がっていた。両腕を頭上に伸ばして、欠伸というか深呼吸をした。気分は爽快だ。長旅の疲れなんて、若いおれさまのことだ、昨夜の夢の中にぶっとんで雲散霧消している。「やってやるぞ！　日本のために！　森家のために！」今朝はこの気概だけが、体の隅々にまで満ち満ちている。

そこへ佐藤三吉が訪ねて来た。大学で一年後輩だった男だ。

「早速ですが、橋本綱常軍医総監の許に、ご挨拶に行きましょう」

「カールスプラッツの「トップフェルズホテル」だっけ。でも、朝が早過ぎないか」

「いや、」

朝食前に行かないと、軍医総監は出掛けてしまいますと勧める。そうか。おれたちは一等ドロシュケ（辻馬車）に乗り込んで、軍医総監が宿泊中の「トップフェルズホテル」に参上した。

軍医総監が軍服姿で眼の前に現われたので、二等軍医のおれはあわててばか丁寧に頭を下げた。すると、軍医総監は右手の掌をおれに向けて、軽く横に振った。

「いかん、いかん。頭が地に着くような、そんな和式の最敬礼なんて、ここベルリンで行なってはいかん」

開口一番まずこう戒められた。後で人に聞けば、西欧では、ちゃんとした家の少年は、幼児の時に舞踏の先生に預けられる。そこで、いかに立ち、いかに坐り、いかに拝み、いかに跪《ひざまず》くのが正しいのか、厳しく教え込まれるそうだ。橋本軍医総監は久しくこの西欧に在って、久しくここのちゃんとした人たちと交わっている。そこで、日本人の旧態依然の粗野な礼儀に接すると、吹き出しそうになるのだろう。

「そうか。軍医総監の前では、あれもこれも、西欧式の都会的な所作で貫き通さなければ」

橋本軍医総監はおれを連れて、フォス通り七番地の日本公使館に向かった。特命全権公使の、青木周蔵氏に紹介しようというのだった。しかし、公使は不在だった。そこで、今度はおれを「カイザーホフホテル」に連れて行った。このホテルは、ベルリンでは最高級と聞いている。ここには大山巌陸軍卿が宿泊中なので、おれに会わせようとの試みだった。しかし、大山陸軍卿も外出なされているとの断りであった。

「森くん。ちょっと早いが、いっしょに昼食でも摂ろう」

橋本軍医総監はバツの悪そうな表情をして、おれを振り向いた。もちろん、おれに断る理由はなかった。橋本氏は自分が宿泊しているホテルにおれを連れて帰った。しかし、ただ昼食を共に楽しく摂るだけではなかった。橋本軍医総監はテーブルに就くや否や、おれに一言二言の訓示訓戒を言い下した。

「日本政府が、きみに託した使命は二つだ。まず、ドイツの衛生学を修めること。もう一つは、ドイツ陸軍の衛生制度の調査だ。しかし、衛生制度の調査は、すぐれた見識を持つ人物でなければできない。それなのに、今はこのおれが陸軍卿のお供でドイツ中を回って、衛生制度の実態調査を試みている。しかし、残念ながら、一箇所に留まる時間があまりにも少ない。便所で用を足せば、それでもう次へと出発だ。またこのおれは、衛生制度に関して、ことさらにごく浅い見識ときている。まあそれでも、自分なりには、見て得る知識は半端ではない。だけど、国としては、もっと詳細にドイツの衛生制度の実情を調べなくてはいかん。つまり、衛生制度に特化した人物が必要だ。そこで、きみとはまた別に本国より派出する人間を準備している。もう解っただろう、きみはもっぱら頭を衛生学に集中しなさい。もし本国よりドイツ陸軍の制度上の事例を問われたら、ケルティング一等軍医に連絡をつけておいて、彼に相談してから答えれば、しばらくの間は事足りる。いいか、勝手に余分な行動をしなさんなよ」

十月十三日　橋本氏はもう一度、おれを大山陸軍卿に導いてくれた。大山陸軍卿とは初対面である。

陸軍卿は、背が高い。顔は真っ黒で、その上あばたもある。ちょっと奇怪な面相だ。しかし、口を開くと、そこから発する声は、信じられないほど優しい。いや、優しいというより、ほとんど女性のしゃべり方である。つまり、口を開くと、さらに奇怪極まる人物になるのだ。

この日はまた青木周蔵公使にもお会いできた。青木公使は人並み外れて大きな体躯を持っていた。髭も濃く、まるで閻魔大王の風貌だ。この容姿ならば、西洋人と渡り合っても、なんら引けを取らないだろう。おれが亀井老公の紹介状を差し出すと、青木公使はそうか、きみは亀井さんのとこの人間かと呟いて、福羽美静や八杉利雄といった津和野の同郷人の近況を訊ねられた。八杉さんは亡くなりましたと伝えると、青木公使は知らなかったと一言洩らして、腕組みをすると、そうだったかと唸った。

「ところで、きみは何をしにドイツまでやって来たのだ」

「はい、衛生学を修めて来いとの命令でござります」

すると、青木公使はふふんと鼻で笑って、このようにおれを諭した。

「なに、衛生学だと。馬鹿な命令を言い付けたものだ。まあ、きみ個人が衛生学を修めるのはよしとしよう。でも、帰国して、ただちにこれを実施しようとはするなよ。今の日本では衛生学は無理だ。意味がない。足の親指と二番目の指との間に縄を挟んで歩き、人の面前でも鼻糞をほじくる国民に、衛生学もへったくりもないだろうが。そうだろ、きみ。学問というのは机上に置いた本の文字を追うだけを指すものではない。西洋人の考え方とか、その生活ぶりとか、その礼義とか、まあこういった風俗や習慣をだな、じっくりと見極めれば、それでもう洋行の手柄は十分ってもんさ」

十月十四日　きょうもまた橋本氏を訪ねた。ベルリンに入ってから、三日連続でお会いしている。言われたとおりに、ドイツで衛生学を修めようと思ったので、その順序を訊ねたかった。橋本氏はおれを諭すようにゆっくりと語った。

「まず、ライプツィヒに行って、ホフマンを師としなさい。次にミュンヘンで、ペッテンコッファーを師とする。最後にここベルリンでコッホを師とすれば、衛生学は仕上がりだ」

「それならば、きょうにでも、ライプツィヒに行きましょう」

「いや、待て。あわてなさんな。若いな。数日中に、大山陸軍卿がベルリンをお発ちになる。陸軍卿を見送ってからにしたまえ」

十月十五日　夕暮れにカール通りの「クレッテ酒場」で、岩佐純侍医、樫村清徳教授を送る会が催されて、同朋人が十七人も集まった。以前からの顔見知りとしては、三浦信意、一年後輩の青山胤通、佐藤三吉などが居た。加藤弘之先生のご令息である照麿くんにも、この時に初めてお会いした。

十月十八日　橋本氏を見送るために始発駅に出向いた。

十月十九日　三浦梧楼中将をツィンマー通り96の宿泊ホテルに訪ねた。おれは橋本氏の言葉を告げて、どうやら制度上の事例を学ぶ機会は少ないようだとこぼした。すると、三浦中将は儒者のような重々しい口ぶりで答えた。

「なに、心配するな。眼力さえあれば、どのような地位にあっても、ちゃんと見抜けるものさ」

午後、ミュラーと名乗るドイツ人が訪ねて来た。この人は橋本氏が雇っている文章家で、シャルンホルスト通りに住んでいると言う。

また一等軍医のケルティングをグロースベーレン通り67の自宅に訪ねた。この人はチューリンゲン歩兵連隊本部の医官で、現在は陸軍省に勤めて庶務を執り行っている。

十月二十日　陸軍郷を送って、停車場に行った。陸軍郷は別れ際に、こうおっしゃった。「このドイツという国の自由奔放さには、くれぐれも染まるなよ」

十月二十二日　午後二時三十分、汽車でベルリンを発った。ライプツィヒに到着したのは、五時三十五分である。船で一緒だった萩原三圭が迎えてくれて、「ホテル・シュタット・ローマ」に至った。

十月二十三日　ホフマン先生の許に出向いた。この師は痩せていて背が高く、振舞いは落ち着いていて重々しかった。

午後はライプツィヒの旧市街を東南に向かって、タール通りに出た。ウォール夫人という寡婦の家の一部屋を借りるためだった。日本の二階に当たる部屋だ。ドイツ語では平屋を第一層と言い、二階を第二層と呼ぶ。その上の階も同じように呼んでいく習慣だ。しかし、この土地では、フランス風を用いて、平屋を地上層と呼び、二階を第一層、三階を第二層と言う人が多い。まあ、家賃は階が高くなればなるほど逆に低くなる。おれが借りた部屋には机と食卓が備えられていた。ベッドも壁に沿って据えられていた。掛け蒲団には羽毛がめいっぱい入っていて、軟らかくて、軽く、暖かい。また「ソファー」という長椅子も備え付けられていた。「ソファー」は疲れたときに、ちょっと体を休めるのに都合がいい。その他、陶炉、整理ダンス、洋服ダンス、手洗いや口をすすぐための洗面器などが備え付けられていた。壁上には鈴があって、この鈴に付いている紐を引けば女中がやって来る。隣室には飯島魁《いさを》という千葉の人が住んでいた。動物学を修めていて、普段の性格はいたって親切で優しい。でも、数多くの磊落豪放の逸話を持ち合わせている男だとも聞く。

朝食はコーヒーとパンのみで、部屋代にはこの食事代も含まれている。昼食と夕食は、レストランに行って食べるもよし、また部屋に仲間を集めてわいわいと飲食するもよしである。おれはフォーゲル夫人という、リービッヒ通り3の老婦人の許に通って、昼夕二食の世話を受ける約束を交わした。フォーゲル一家は、主の五十代の老女のほかに、その娘でやはり寡婦の二十代の女性が同居していた。書生としてはドイツ人のヘーネル、ワーター、ヘッセの三人が寄宿していて、ギリシャ人のトラノス、アメリカ人のドイスターという男も寝泊まりをしていた。またトラウミュラーというイギリス人とマイという太ったドイツ人も寄宿していたが、彼らは学生ではなくセールスマンだった。さらに、ルチウスという二十五六歳の未婚の女性が住み込んでいた。彼女はいつも黒い服を着込んでいた。しかも、いつ見ても、顔には深い憂いを漂わせていた。

このフォーゲル一家の内実については、隣室の飯島魁が詳細を教えてくれた。彼もまたここへ来て食事を済ませているのだった。

おれは服には、総じて無頓着だった。特別な洒落意識もなく、どこへ行くにも軍服を着込んでいた。でも、ベルリンに着いた時に、大山陸軍卿がおれの軍服姿を見て、眉を顰めた。そして、陸軍卿は例の女性のようなかん高い声でまくしたてた。

「街中で、軍服は目立つのよ。感心しないわ。とっとと普段着を誂えなさいな」

部屋代は月ごとに四十マルクで、昼食と夕食代が五十マルク、これに暖房費や洗濯料金などを合わせると、生活費として月に百マルクばかりが必要だった。とは言え、おれには給与として年に三千から四千マルクが支給されている。さらに家への仕送りだって、過酷な金額だとは舌を抜かれても言えなかった。こんなおれがドイツでけちけち暮らす必要がどこにある？　そうだろ？

十月二十四日　ライプツィヒ大学の衛生部に行く。衛生部はリービッヒ通りにあった。きょうから、そこへ通うのが日課だ。
日課と言えば、朝ベッドから起き出すのは、ヨハネス教会の鐘が、七時を報じる頃である。窓から外を眺めると、職工たちが弁当を持って職場に向かう姿が俯瞰できる。また子どもたちが本を小脇に挟んで学校に通う姿も眺められる。おれが大学に顔を出すのは、九時近くになってからだ。およそドイツの都市で、ライプツィヒほど工場が多い土地は他にはない。このため、煤煙が空を蔽い、家々の白亜の壁は塗り替えても、また何日も経ないうちにふたたび黒ずんでしまう。こんな街中の、わが大学に通う道に、ヨハネス谷と呼ばれている凹地がある。昔、市街建設のために土砂を採取した跡地だそうだ。そこには柴垣で囲んだ小さな庭がたくさんあって、その垣根の中に小さな家屋が建っている。これらは金持ちの別荘だそうだ。彼らは春夏の季節にやって来て、飲んだり食べたりしゃべったりと、思う存分に人生を楽しむらしい。大学からおれの部屋に戻ると、英語の師であるイルグナー先生が待っていてくれる。語学の教師はほとんどが貧乏人だ。それでか、生徒の方は教師の家に行ってまで学ぼうとはしない。むしろ教師の方がわざわざ生徒の家にまで教えに来てくれる。おれは夜になると、独り静かに、ドイツの詩人の詩集を読み漁る。このひと時こそ、今のおれの日課の中では、他に替えがたい楽しみな時間なのだ。

十月二十六日　きょうは日曜日である。キリスト教会の鐘の声が、ひねもす耳にうるさい。レストランと煙草屋の他は、どの商店も戸を閉じて休みを決め込んでいる。我が国の商店と違って、本当によく休む。

十月三十一日　学長の選挙が行われた。学生は松明を灯すと、静かに行進して、新学長を祝賀し歓迎した。こちらの大学では、学長と学生の間が近い。びっくりした。

十一月一日　長井新吉がヘレからやって来た。長井長義の弟である。兄・長義は明治四年に第一回海外留学生として、ベルリン大学に来て、ホフマン先生に師事した人で、いわば大先輩である。

十一月三日　警察署に出向いて、寄留証を受領する。

十一月九日　ホフマン先生の自宅を訪れた。白手袋は買ったけれど、黒い上着を持っていない。隣室の飯島に借りた。

十一月十二日　ドイツに来て、昨日で早くも一か月が過ぎた。きょうはハイデルベルクの宮崎道三郎から手紙が届いた。渡独の際に同船だった人物である。封筒の中には、おれがハーフの童話物語を漢訳した詩「盗侠行」に、なんと井上哲次郎が手を入れたり、批評を加えたりした文章が同封されていた。おお、医者のおれが、詩人の井上哲次郎と知り合えたぞ。これは、嬉しい。大いに、嬉しい。

十一月十六日　初めて雪が降った。旧市街のテアーター広場に出掛けて、大当りしている喜劇『ザビニの女たちの略奪』を観た。文学者や劇団人の内幕を暴露した道化芝居である。午後七時に始まって、十時に幕が下りた。

十一月二十七日　ホフマン先生の自宅に招かれた。夫人と挨拶を交わした。

十二月十五日　ベルツ先生がおれの研究室を訪れた。夜はホフマン先生が、ベルツ先生とショイベ氏を晩餐に招いた。その席におれも呼んでくれた。

十二月十七日　ベルツ先生に招かれて、小料理屋で夕食を摂った。

十二月二十五日　きょうはクリスマスという祭日で、ここの人々は互いに贈り物を交わして祝い合う。「クリスマス」の語源は「キリストのミサ」だそうである。

十二月二十八日　理学士の九里龍作が訪問して来た。長い間ロンドンで機械工学を学んでいたと言う。佐藤元萇《げんちょう》先生からの手紙も届いた。種痘の普及に努めた方だ。封筒に「一封書寄数行啼《いちふうしょすうぎょうよせてなく》」と記してあった。封を切ると、数枚の紅葉が机上に舞い落ちた。その葉に洒落た句が書き留めてあった。「只《ただ》知君報国満腔気《しるきみがほうこくまんこうのき》、泣対神州一片秋《ないてしんしゅうにたいすいっぺんのあき》」また手紙には「参商《しんしょう》一隔倦々《けんけん》」（互いに遠く離れていて会えないのが淋しい）などと書いてくれた。

明治十八年一月一日　ご当地の習慣では、この日の午前零時に元旦を祝う。おれはこの瞬間を「水晶宮」の舞踏席で迎えた。その場に集っていた者は、顔見知りであろうがなかろうが、互いに「プロージット、ノイヤール！」（明けましておめでとう！）と叫んで、手を握り合うのだった。

一月四日　丹波敬三なる薬学研究の男と、飯盛挺造というおれと同じ船でドイツに留学して来た物理学研究の男が、ベルリンより遊びに来てくれた。この二人を連れて、萩原三圭の宿舎に出向くと、日本食を拵えてもてなしてくれた。

一月七日 日本茶の分析に着手した。

一月八日 おれと飯島魁は「水晶宮」に行って、仮面舞踏会に闖入した。二人で同じトルコ帽を被り、同じ黒い仮面を付けて、一組の奇妙な悪魔の兄弟に化けた。はたしてどちらが悪魔の兄貴に見えただろうか？　飯島は「おれが兄貴さ」と言い張るのだが。

一月十八日 ヴュルツェルという、ザクセン王国の第八歩兵連隊の一等軍医が、おれを連れて、モンベイ陸軍中将、ロイスマン大佐、及びマイスネル軍医正の自宅を訪ねてくれた。モンベイ陸軍中将は、たまたま家に居なかった。しかし、他の諸氏は快くおれを迎え入れてくれた。

一月十九日 連隊の「ミリテール・カシノ」に至った。「カシノ」は我が陸軍の「偕行社」のような将校集会所で、将校同士が親交を深めるのに利便性がある。

一月二十三日 ホフマン先生の家で夕食を御馳走になった。

一月二十六日　父静男からの手紙が届いた。夕食に上等のビールは構わないが、ブランデーはなるべく控えろと記してあった。泥酔を心配してであろうか。家族はみな無事との知らせであった。

一月二十七日　木越安綱大尉がケムニッツより来る。西南の役では少尉だった方だ。銃弾が腹を貫き背中から出て行ったと、笑いながら自嘲的に語ってくれた。

一月二十九日　木越大尉を停車場で見送る。帰りに踏氷の戯れ、いわゆるスケートという遊びを見た。この地で踏氷の戯れができるのは、白鳥池と隣の白馬池である。みんな水面に堅い氷が張るのを待ち受けている。そら張り詰めたぞとなると、池の畔では弦官楽器を奏で、男も女もスケート靴を履いて、手を繋ぎながら堅い氷の上を滑りまくる。

二月七日　朝妹の喜美子からの封書が届く。短歌が記してあった。

　　こと国のいかなる鳥の音をきゝて
　　　　立ちかへる春を君やしるらん

また新年の宮中御歌会始の歌題が「雪中早梅」であるとも記してあった。

ヴュルツェルがおれを誘って、郊外のナポレオン石に連れて行った。一八一三年の秋に、ナポレオンがこの丘の上に立って、戦況を眺めたと伝えられている。石碑が建てられていて、その表面には新約聖書の一文が彫られていた。裏側に回ると、そこにもまた数行の文章が彫られていた。帰りにライプッィヒの水道の貯水池を見学した。ナポレオン石からほど近い場所だった。

二月十一日 化学士クレッチュマンが、おれをパウロ教会の聖歌会に招いた。

二月十三日 フォーゲル夫人の家で夕食を摂っていると、ルチウス嬢が飛んで来て、面白い記事があるわよと叫んだ。そして、携えていた新聞紙を取り出すと、「ほら見て、ここ、ここ」と指で示した。一昨日の聖歌会についての記事だった。その中に、本会の名誉とすべき賓客として、梅格陵(メクレンバーク)の上公と並んで、なんと日本の軍医森林太郎君と書いてあったのだ。

二月十七日 ショイベを訪ねて、彼の蔵書を借りた。おれは最近「日本兵食論」及び「日本家屋論」の執筆に従事している。これらの論に引用するための書を求めたのである。また、ゲーゲンバウアーの解剖書など三部の書を購入して、弟の篤次郎に送付した。

二月二十三日から二十五日 自分自身の身体を実験材料にして、栄養学上の実験を行なった。結果だが、残念ながら完璧な資料を得たとは言えなかった。このため、発表するまでには至らなかった。

二月二十七日 ショイベの家に招かれた。伺ってみると、その座には、ベルツ先生と萩原三圭も加わっていた。

三月三日　大学は冬期の講義が終了して、教室を閉鎖した。でも、さすがに研究室を閉ざすしきたりなどはなかった。

三月七日　ホフマン先生の姑である、ヴンダーリッヒさんの柩を見送った。どこの国でも、しかも見知らぬ人でも、葬儀は淋しい。

三月九日　弟や妹から手紙が来る。自分の責任を、長男である責任を、ひしと感じた。

三月十七日　長井新吉が、姉小路某を伴って、ライプツィヒにやって来た。姉小路はストラスブールに長く滞在して、政治学を学んでいる。痩せていて、口髭が美しい。この地を経て、ミュンヘンに行くつもりだと言う。

三月十八日　村井純之助が来た。内務省試験場の役人である。博物学に詳しい。おれが東亜医学校で「生理学」の講義を担当していたときに、彼は「植物学」の教員だった。近頃、ロンドン博覧会の役員となって渡海し、ベルリンよりここにやって来たのである。

三月二十一日　村井を送って、ドレスデン行きの停車場まで行った。帰り道では、雪が顔面に吹き付けて、冷気が骨まで凍みた。まさしく、ドイツである。春はまだ遠いのか。

三月二十八日　菊池大麓《たいろく》がやって来た。いっしょにロッシュ広場に行って、初めて「パノラマ館」に入った。夕方、篤次郎からまた長い手紙が届いた。妹喜美子の学校の件などが記されていた。

三月三十日　佐方潜造がヴュルツブルクから来た。佐方は河瀬信彦駐英大使の親戚である。以前は大学の一等本科生だった。公使の任に就くにあたり、その学業をやめてドイツに渡って来た。衛生学を修めると言う。「今後はおれと同じように、ホフマン先生の門下生になるといい」おれはこう勧めた。佐方は性格が篤実なので、じつに頼もしい。

三月三十一日　菊池を送って、停車場まで行く。この人はオーストリアのウィーンを経て、日本に帰国すると言う。日本に帰国、と耳にすると、ふいに懐かしさが込み上げて来る。父母、弟妹はいかに過ごしているのだろうか。千住の風景に変わりはあるか。しかし、ドイツ語には「懐かしい」を意味する言葉がない。言葉がないのは、その感情がないからだ。おれもいつしかドイツの風に同化して、「懐かしい」の気持ちを失うのだろうか。

四月一日　ビスマルク侯の誕生日である。どの家も祝宴を催すなど、国を挙げて祝っている。

四月十二日　古荘韜《ふるそうとう》と加藤照麿がライプツィヒに来た。韜は古荘嘉門の子である。彼らはイェーナ私学校の学生で、これはベルリンでは大学生に当たる。照麿は加藤弘之の子である。加藤が言うには、ベルリンからここに来る途中で、ヴュルツブルクに立ち寄った。そこで、伊東氏と会った。この人は「抱水クロラール」、つまり催眠術を嗜む癖があり、しょっちゅう人に掛けたがる。ところが、今や体躯は痩せ細り、頭はぼおっとしたままで、精神の混迷を深めているそうだ。催眠術を自分に掛けてしまったのか。

四月十五日　弟の潤三郎から封書が届いた。また同時に石黒忠悳、緒方維準の両軍医監の手紙も届いた。小山内建（小山内薫の父）と清水郁太郎の病死、大学で一年後輩だった緒方収二郎の結婚を知った。

四月十八日　飯島魁が旅行に発つ日である。彼を停車場まで見送った。夜ニーダーミュラー氏に誘われて、トットマンを訪ねた。この人は音楽家である。

四月二十三日　国王フリードリヒ・ウィルヘルム一世の誕生日なので、家々のドアには国旗が飾られた。

四月二十五日　父静男からの手紙が届いた。家族、皆無事とのこと。また流行りの痘瘡も減少し始めたと記してあった。

四月二十六日　無二の親友である賀古鶴所《かこつるど》からの封書が届いた。賀古は「脚気」の問題に触れていた。「脚気」はその予防法で陸軍と海軍とが激しく対立している。海軍では高木兼寛海軍軍医の「脚気は微量栄養素の欠乏説」を基に、イギリス海軍の経験知に倣って麦飯を食わせている。だが、わが陸軍では「白米を食わせる」を宣伝文句に、農家の次男坊や三男坊などを掻き集めては入隊させている。このため陸軍軍医部では「米食中心説」をどうにも譲れない。この結論が先にあって、おれにその学問的根拠獲得を求めている。賀古は石黒忠悳の「脚気論」などにも触れながら、おれに寄せる陸軍の期待を記していた。

四月二十七日　「オステルン」の祭日、いわゆる「復活祭」はきょうで終わり、大学が開講した。

四月二十九日　ザクセン軍団の軍医長ロート氏が、ドレスデンより来られて、諸大学教授や軍医たちと、カタリーネン通りの「バウマン」という飲み屋で談話された。この会になんとまたおれも与かった。ロート氏は鬚眉ともに真っ白だった。しかし、話して笑う様子は、まるで純な少年のようだった。この人は今、ドイツ国軍医の中でも抜きん出ている存在だった。おれの顔を見て、誰にも何も訊かないで、「君は二等軍医の森さんではないか」と呼び掛けて来た。「松本総監や橋本軍医監の近況をご存知か」と訊ね、「お元気です」と応えると、たちまち少年の笑顔になった。また「五月十三日に、負傷者運搬演習をドレスデンで行なう。君も来てみないか」と誘ってくれた。もちろん、おれは喜んで「承知しました」と即答した。さらにこの日は、眼科教授のコクチウスや病体解剖科教授のビルヒ・

ヒルシュフェルドとも知り合えた。

五月二日　大学の大講堂に行って、早速ビルヒ・ヒルシュフェルド教授の初講義を拝聴した。細菌学の沿革及びその病体解剖学との関係、がテーマだった。

五月三日　トットマンから晩餐に招かれた。そこで寡婦のシュライデンさん、その娘さんのシュワーベ嬢と知り合った。シュライデンさんの夫は、有名な博物学者だった。彼の植物学に関する著書は、何冊も出版されて評判になっている。寡婦は神経とか心の働きとかに興味を持っていて、いわゆる心霊論というか降神説を信じていた。また音楽にも詳しかった。娘のシュワーベ嬢は、美貌の少女である。でも、そのしゃべり方が、母親ではなく、なんと父親にそっくりなのだそうだ。

五月七日　寡婦のシュライデンさんから自宅に招かれた。おれは一等ドロシュケ（辻馬車）を雇って、ゴーリスにある彼女の自宅に向かった。ゴーリスはライプツィヒの郊外の土地で、行ってみると、寡婦の家の周りには桜桃が咲き乱れていた。そこへ春雨がひしひしと降り注いでいる。でも、時折小鳥の囀きも耳に届いた。ここゴーリスは、東京で言えば向島とか根岸の風情ではないか。宴に呼ばれたのは、トットマン夫婦とイタリアのトリエステ生まれの婦人某などであった。娘のシュワーベ嬢は客をいたって丁寧にもてなした。この日初めて知ったのだが、彼女はこの家で母親と同居しているのだそうだ。

五月十二日　午前八時三十分、ヴュルツェルと共に、汽車でライプツィヒを発った。村を一つ通り過ぎた。すると、菜の花が見渡す限りの地面を埋め尽くしていて、まるで金箔を敷いたようだった。

「菜の花か。こんな鮮やかな黄色を見るのは久しぶりだ」

ヴュルツェルが呟いた。

「菜種油に替わって、石油が広く用いられるようになったからね」

しかし、金箔はたちまち雪に入れ替わった。いや、雪ではなかった。蕎麦の花だった。蕎麦の白い花が辺り一面を埋め尽くしているのだった。線路脇の細い溝を眺めると、流れる水が褐色だった。どうやら鉄分を含んでいるらしい。またメッケルンの近くでは、褐色炭層を見渡せた。また村を一つ通り過ぎた。リンゴの花が満開だった。でも、桜梨の花は、どうやらこの辺りでも、すでに落ちてしまったようだ。ムルデ河を渡った。この河は源をエルツ山地に発するそうだ。民家に目を遣ると、屋根に瓦を用いている。藁を使っている家は少ない。近頃法令で、藁の屋根は修復するのは許可するが、新しく造ることはまかりならんと決めたらしい。ついで牧童が羊の群れを率いている光景に出会った。日本でしか観た覚えがない風景だ。オーシャッツを通り過ぎた。ウーラン兵、つまり槍騎兵の栄舎が建っていた。ついで、灌木の群生に出会った。蒂の先を逆さまに並べ立てたように見えた。この灌木を時々刈って、後はまた延びるに任せる。またたいぶ延びたなあと思ったら適当に刈る。このやり方で、ここ僻村の民は灌木を薪材に充てていると言う。考えてみれば、遅摘み葡萄と同じか。十時十五分にリーザに達した。鉄道の連絡駅なので、十分間も停車した。発車すると、すぐにエルベ河の鉄橋を渡った。麦畑の上に告天子《ひばり》が群れをなして飛び交っていた。マイセンの城が望めた。工場があった。材木を集めてタールに浸して、電線柱や鉄道線路に用いるそうだ。十一時半にレースニッツを通過した。地形にやっと変化が現われ始めて、所々に丘陵が望めるようになった。ヴュルツェルが口を開いた。

「この辺りの丘は、葡萄畑になっている。葡萄の栽培は、年間を通じて気温が摂氏九度以上でないと、売り物になる実が育たない。と言うのも、葡萄に付く細菌は、必ず九度未満の温度を待って発生するからだ。ドレスデンの大気温度は九・一度なので、ヨーロッパ大陸の中で、葡萄を栽培できる極限に当る」

そうこう話しているうちに、ドレスデンの騎砲輜重兵営が見えて来た。正午にドレスデンに到着した。宿泊する「四季ホテル」でトランクの中を整頓すると、軍服に着替えて、ロート氏の官舎を訪ねた。早速、一室に案内された。その部屋の机上には数列の堆積図書が見えた。ロート氏が現われて、おれたちを虎の革で覆ってあるソファーに坐らせた。少しの間談笑すると、ロート氏はおれたちを連れて、陸軍卿ファブリース伯の官署に出向き、伯と面会の機会を作ってくれた。伯の卿名はゲオルク・フリードリヒ・アルフレッドと言う。プロシアとザクセンの連合を成すには、この人の力が必要である。現在六十八歳で、赤ら顔で白髪、容貌は人並み外れて大きく立派である。あと司令長官のゲオルグ王と、市司令官のフィンケ少将の官署に行って、名前を入室名簿に記入した。また将官シューリッヒと出会った。「四季ホテル」で昼食を摂り、ヴュルツェルの姑の家を訪ねた。姑は五十ばかりの婦人で、ちゃかちゃかしていて、屈託なく話す。ヴュルツェルの義妹は、歳が十五六で、秀眉紅頬の可愛い少女である。コーヒーを戴いた。ヴュルツェルはトランクの中をこの家で整頓した。終わると、この家を辞した。レンネー通りより左折して、並木道に入った。遥か遠くには、百合石山が天半に聳えている。だんだんと進むと、大きな木々が枝を重ね合い、足元には緑の草が生い茂っているようになった。そこを抜けると、大きな公園に着いた。草花が盛んに咲き誇っている。大理石の彫像も数多く置かれていた。公園の背後には栗林が繁っている。紅白の花も見える。野鳩が多い。首に首飾りのような白い模様が見える。日本の野鳩に比べると、やや大きいか。つぐみ、うたどり、紅尾鳥などの鳥類とも出会った。湖と呼ばれている池もあった。カローラ湖である。白鳥がゆったりと泳いでいた。この池を一周してみると、一歩一歩踏み出す毎に景観が変わり、面白いこと極まりなかった。動物園に入った。象、犀、麒麟、ラマなどと目が合った。ラマは性格がとんでもなく悪い。ちょっと油断すると、人の顔に唾を吐きつける。この動物園では、カンガルーが最も珍しい動物だと思った。母親の腹に袋があって、そこに仔を入れて育てていた。ヴュルツェルの姑の家で夕食をご馳走になった。夜は「シューマン酒場」に行った。サン＝テミリオンという酒を一瓶空けた。女給がおれを伊地知大尉と見間違えた。みんなが大笑いをした。一般のドイツ人に東洋人の顔の区別は難しいのだろう。
この日、午前中に、雪が少し舞った。

五月十三日　曇。午前七時軍服を着て、ヴュルツェルと共に一等ドロシュケ（辻馬車）を雇って練兵場に向かった。負傷者運搬演習を見学するためである。演習中に少し雨が降った。にもかかわらず、演習は予定通り午前十一時三十分ちょうどに終わった。彫刻館と画廊を覗いた。ドレスデンの画廊は、世界の名画を集めている。なかでも、ラファエロの「システィーナの聖母」は、おれが本物を観たくて仕方がなかった油絵である。それがここドレスデンで、現実に観られるなんて。至福の時を過ごした。「四季ホテル」に戻って、昼食を摂った。午後五時軍服を着用して、軍医会に赴いた。会場はブリュール磴の「ベルヴェデーレ亭」である。この会場はエルベ河の南岸に築いた丘に建てられていて、じつに爽やかな風が通る。王国衛生団の軍医は全員が集合しているようだった。来賓の席には陸軍卿、ベルリン衛生会長軍医正ダイク、ドレスデン病院外科医長某などの顔が見えた。酒席がたけなわになった頃に、ロート氏が壇上に上がって演説をした。「きょうのこの宴の中に、遥か東方の外れより来てくれた客人の顔を見つけられる。なんという喜びか。この客人がたとえ仮りにでもいい、我が軍団に身を投じる日が来ることを願う。それがいつになるかは問わない。でも、楽しみに待とうじゃないか。そしてその日が来たら、我が軍団はこの客人を温かく迎えようではないか！」という話が混じっていた。最後に「軍団の康寧を祝す！」と叫ぶと、満席の客がシャンペンの杯を挙げで、「ホーホ！」（万歳！）と大声を出す仕種が三度繰り返された。音楽が始まった。軍医の中で、かつてベルリンに在留して、坂井直常と一緒に学んだと言う者が居た。会は夜の十二時をもって解散した。

五月十四日　曇。午前十時に「四季ホテル」を出て、ロート氏に随って、諸兵営と平和病院を巡視した。この巡視は午後一時に終わった。「カシノ」（将校集会所）で昼食を摂った。七時に解散した。八時に汽車に乗ってライプツィヒに帰った。時に十時十五分だった。

五月二十四日　篤次郎から手紙が届いた。森家で「二位の君」と呼ぶ、旧津和野藩主・亀井慈監、つまり父静男が典医として仕えていた殿様が、療養先の熱海で中風を発症し、危篤状態だという。父静男は熱海に缶詰になって、主君の治療に専念しているそうだ。

五月二十六日　ベルリンに赴く。全権公使の青木周蔵氏と、学課の順序を話し合うつもりだ。午前十一時にライプツィヒを発ち、三時三十分にベルリンに着いた。

五月二十七日　午前中に大使館に出向いた。青木公使はオランダの王宮所在地ハーグに滞在していて、ここには不在だと言われた。仕方がなかった。三浦信意、青山胤通を訪ねた。古荘韜にも会った。隅川宗雄の家で夕食を摂った。

五月二十八日　三浦と共に王立公衆病院「シャリテー」の病理学試験場に行った。ここは大学の付属研究機関でもある。三浦が拵えた、輪胆管や細尿管、胃癌などの標本を見た。友人たちと戦勝記念柱の下をくぐり抜けて、野外に造ったテント張りの営舎に戻ると、そこで晩餐を摂った。夜は博覧会公園に出掛けた。この公園は廃兵通りとアルト＝モアビット通りとの間にある。かつてここで衛生博覧会を開いた。それで、この名前が残っている。木々の緑の間に電燈を灯し、またいくつかの噴水も造られていた。納涼には最適の場所である。一緒に行った者は、青山胤通、隅川宗雄、榊俶、田中正平、穂積八束、片山国嘉、加藤照麿であった。

五月二十九日　三浦の家で、一日を消化する。夜「バウアー骨喜店《コーヒー》」に出向いた。三浦と加藤がビリヤードで戯れる姿を観ていた。

五月三十日　ふたたび、公使館に行った。青木公使は未だに戻って居なかった。棚橋軍次に会った。彼に諸事を委託した。砲兵通りに回った。三浦、古荘、それからラーゲルシュトレーム夫人とは、そこで別れた。午後二時三十分アンハルター駅に行って、汽車に乗り込んだ。車内の暑さは堪えがたく、白人の強い体臭がむんむんと匂い立っていた。しかし、しばらく息を口から吸って我慢をしていると、窓外に驟雨が降り始めた。たちまち、車窓から涼気が入り込んで来て、汗ばんだ肌を撫で回した。心地よかった。五時三十分、ライプツィヒに到着した。

六月五日　微菌培養法の講習が始まった。

六月十日　夜フォーゲル夫人やグレッチュマンと共に、コンサートを聴きに、バイエルン停車場へ行った。

六月十一日　ロート氏がドレスデンよりふたたびやって来た。「バルマン」という酒場で歓迎会が催された。コクチウス、ワグナー、ビルヒ・ヒルシュフェルド、シュミットの各氏はもちろん、あと数名の軍医も参加していた。

六月十五日　家からの手紙が届いた。米原綱善先生の書が同封されていた。米原先生は、亀井藩の儒者である。「二位の君」が危篤と耳にして、あわてて上京し、森家に立ち寄った旨が記されていた。おれは米原先生に五歳のときから就いて、「大学」「論語」「中庸」を学んだ。

六月二十四日　いわゆる「聖ヨハネの祝祭日」である。ただこの祝祭日は名前に偽りがある。古来農民の間では、キリスト教が広まる以前から、夏至を祝う特別な日であった。つまり、太陽の力が翌日になっても衰えないように、太陽に少しでも近い山の頂きに登って、「ヨハネ火」を灯し、太陽の光熱力を援助する。だから、火を灯す者は、太陽が明日からも力強く農作物を育ててくれと祈りながら行なう。まるで我が国の故事——平清盛が急な福原遷都を決行したために、諸普請が間に合わない。そこで、日が暮れないように、夕日を追っ払おうとした——にそっくりだ。今でもミュンヘンでは、「聖ヨハネの祝祭日」には点火の習慣が残っていると聞く。ここライプツィヒでは、「聖ヨハネの祝祭日」は、単に祖先を祭る日として定着している。我が国の盂蘭盆のような日だ。ライプツィヒの一般市民は、各家の代々のお墓に集まって、花で編んだ輪を墓石に掛ける。この色取り取りの花でいっぱいの、お墓の光景は美しい。新聞では「聖ヨハネの祝祭日」を評して曰く、「ドイツ中にこの日を祭る習慣がある。しかし、どこに〈ヨハネ谷〉があって、どこに〈ヨハネ人〉が居るのだろうか」と。なに、〈谷〉ならば、我が寓居の近くにある。この古府を拓くときに、谷の砂を掘った。その跡を一八三二年に、初めて区画して、牧畜する土地を造った。でも、府の人口が増えて、谷の面積が段々と狭くなった。今やその広さは、東京・上野の不忍池と同規模だ。この祝祭日には、谷に向かって音楽を奏でる。当然見物人も多く出る。牧場は総じて夏の日の遊びを主とする。それでこの頃は谷中に奇麗な服の切れ端が見え隠れする。「ヨハネ人」とは、谷に近いヨハネ病院の庭で、昔ながらの習慣によって、この日にご開帳する守護神、災いを除く守護神の名である。

六月二十七日　夜ゴーリスのブリュッヒャー公園に行った。大学の助手である二人のシュミット、及びハイドレンがライプツィヒを去るので、この三人を見送る宴である。諸先輩が戯れの詩を印刷して、会に参加した人たちに配ると、みんなで声を揃えて歌い上げた。

シュミット学士は指を一本突き立てた
なに、なに、打診の指だ
そら行くぞ
彼はその指先を思いっ切り患者の身体にぶち当てた
そしておれたちに顔を向けるや
にやっと笑って内臓の健否を教えてくれた

ハイドレン学士を想う
あの健気なる君を

誰もが君を敬し、君を愛す
とりわけ看護婦が　はたまた女性患者が
いや、いや、命あるものはおしなべて
君を敬し　君を愛す

考えてみると、シュミットは診断学を教授しているので、そのことをからかい、ハイドレンは美男子なので、それを冷やかしたのだろう。でも、本格的に伴奏までつけて歌い上げた。軍の楽隊を雇ったのだ。みんなでビールを飲んだ。その量はびっくりするほど多い。ドイツのビールジョッキは、半リットル（五合五勺）も入る。それなのに、二十五杯も飲み干す者が稀だとは言い切れない。つまり、十二リットル半も飲み干す。そこへ行くと、おれなんか可愛いものだ。わずかに三杯を胃袋に流し込むと、もう白旗を上げてしまった。これがめいっぱい。でも、こんな子ども騙しの少量では、みんなの嘲笑を免れられない。

七月一日　篤次郎から手紙が届く。まずは妹喜美子の教育に関して、意見が述べられていた。ところが、末尾を読んで、目を見張った。橋本綱常氏が陸軍軍医本部長、つまり軍医総監に任ぜられたと付記されていた。

七月十二日　父静男からの手紙が届いた。石黒忠悳氏から「昇進之報知有之候」と。

七月十五日　一等軍医の辞令が七月一日付で届いた。

書感

一片天書渡海来。（一枚の辞令が海を渡って我が手に届いた。
千金何意買駑駘。こんなおれでも千金で買い求めてくれるのか。
自慙恩沢無由報。自分でも恥じるのはこの恩沢の理由が皆目不明だからだ。
又拂牀頭巻帙埃。いや、いや、また心を入れ替えて勉学に励もう。）

七月十九日　萩原三圭が佐方潜造を伴って「水晶宮苑」にやって来た。おれは二人に所望して、ワイン・バーのテラスに陣取った。ワイン・バーにこんなテラスが付いているのは、ふつうのバーに個室が用意されているのと同じ理由だろう。思うに、上客が坐る席か。あっと言う間に、晩餐が終わった。愉快に過ごすと、時間の流れが急だ。気が付くと、テーブルの上に、ワインの瓶が何本も転がっている。おれは立ち上がると、目の前のたった二人の聴衆に向かって、大声で演説を始めた。「昇格したぞ。このおれさまが、軍医として昇格したぞ。いっしょに喜んでくれ。さあ、もう一瓶おごる。心ばかりの祝いの席だ。今夜は共に喜びを極めてくれ！」

何度も、何度も、ワインを継ぎ足した。それでも別れ難く、二人を誘って苑内を遊歩した。今夜もコンサートが催されていたので、苑内は意気高揚とした人でごった返していた。

七月二十五日　ベルツ先生がふたたびライプツィヒに来た。おれは先生を大学の実験室に訪ねた。ベルツ先生は「近々、日本に赴任するよ」と笑った。この夜、また家から手紙が届いた。石黒軍医監の手紙が同封されていた。石黒軍医監もまた、ヒルツの脚気細菌説を支持して、緒方正規を「よし！」と考えていた。

近頃、ライプツィヒははなはだ暑い。でも、雨が降った後などは涼しくて、心までが爽やかに感じられる。夜八時ごろの月に乗じて、遊歩道（旧市街を通る並木道）を歩いた。あちらこちらに、ベンチが置いてあった。でも、その多くは若い男女に占められていて、空席を見つけるのが難しかった。しかも、この男女がむやみに身体をくっつけ合って、唇を重ねている。ドイツ人たちは、こんな光景を見慣れているのか。誰も気にしないようだ。暑さの中、市民たちが無上の楽しみとしているのは、ボートに乗り込んで、プライセと呼ぶ掘割を遡る遊びだ。まあ、おれはやったことがない。そう言えば、この一日二日は天候が一変して、冷たい雨が窓を打ち、夜は綿入を重ねて羽織るほど気温が下がった。

この頃、街の十字路に、老婦たちが小車を出している。サクランボを売る小車である。量り売りで、古新聞に包んで、客に手渡す。これを「デューテ」と呼んでいる。一袋が五から十ペニヒの買い易さである。しかも、西欧人には食べ歩きを恥じる気持ちなんて皆無だ。このため、貴婦人といえども、この三角袋を手にして、街中だろうがどこであろうが、へっちゃらで食べ歩きをする。実の大きさは手の親指くらいもある。しかし、味ははなはだ美味である。そう言えば、サクランボ売りの小車は、大型犬に牽引させせる。これもまた我が国では考えられない光景だ。面白い。

七月三十日　夕方、友人たちに勧められて、初めてプライセで船遊びをした。友人たちが言う。「船を漕ぐのは、おれたちに任せな。森さんはただ乗っていればいいよ」午後八時に家を出て、二三の街を過ぎると、槍橋に着いた。河岸の至る所に、渡守の板屋のような建物が見える。まるで隅田川の今戸の渡しのようだった。このうちの一軒から、「ボート」を借りるのだ。ボートは日本で競漕に使用する舟に似ていて細長く、大きさに一梃艪から三梃艪までの差がある。船首には黄色の、船尾には赤色のランプを点じて、他のボートが他のボートの動きを識別できるように工夫されている。おれたちは中くらいの大きさのボートを借りて、川面に浮かべた。川幅は狭く、僅かに二艘が並べば、いっぱいいっぱいである。それなのに、舟遊びをしている人ははなはだ多い。しかも、多くは美人を乗せている。そして、アコーディオンを奏でたり、声を合わせて歌ったりして楽しんでいる。二つの橋の下を通り抜けると、川幅が少しだけ広がった。すると、十五六の少女で、身なりの卑しくない者が、自分で舵を取ると言って立ち上がった。友人がおれを振り向いて言った。「森さん、あの少女に恥ずかしくないのか」「よーし」おれは戯れに船頭になって、櫂を漕ぎ始めた。でも、左右の腕の力が一定ではなく、気持ちを右腕に集中させると、左手に力が入らない。「だめだ、これは」自分でも唖然として、みんなで大笑いをした。しかし、数十分の後には、両腕の筋肉が均衡を保ち始めて、他の仲間に船頭の役を譲らないでよくなった。それほど時間が経たないうちに、川面に数点のランプが映えている場所まで来た。このランプは、川辺の飲み屋の印に違いない。はたして「バスタニア夫人のレストラン」と旗が掛かっていた。

ボートをここに繋いで、塩漬けの魚とビールを注文した。しばらくして、纜《ともづな》を解くと、南に向かって櫂を漕いだ。両岸は木々がうっそうと生い茂っている。その木の間から、月光がこぼれ落ちて、波面に数条の帯を描く。心地よい風がさっと吹いた。たちまち、おれは背中に羽が生えて、空中を飛行するエンゼルになった。陶然とした気分だ。ボートをコネヴィッツの近傍から廻らして、夜の十二時には自宅に戻った。この時の仲間は、グスタフ・ワーグナー、ヘーゼルなどである。

七月二十七日　日記の記載が三十日と逆になった。この日の夜、「ドレスデンホテル」の庭園で、提灯行列が行なわれると聞いた。どんなものかと見学に出掛けてみた。我が国のいわゆる酸漿《ほおずき》提灯である。その中でも、長い提灯は日本の提灯に似ている。円い提灯はどこまでもまん丸で、どう見ても毬のようだ。ところが、その作りと言ったら、思わず失笑してしまうほどの稚拙さだ。思うに、機械が発展している国では、自分の手で物を創る必要がないので、段々と不器用さが横綱級になるに違いない。そこへ行くと、我が国の提灯は、アイヌ民族が轆轤《ろくろ》を使わないで創る盆のように、原始的で素朴な美しさか。

八月二日　アメリカ人のトーマスと遊歩道を周って、帰り道に彼の下宿に寄った。そこで、オッペンハイマーのワインを酌み交わしながら談話をした。トーマスは性格が温和で、言葉にも飾りがない。おれは彼の人となりを大いに認めている。でも、話がたまたま婚姻に及ぶと、彼は顔をしかめて呟いた。

「ぼくに妻を娶る人生はないよ」

「なんでさ」

おれは思わず立ち入った事情を訊いてしまった。

「うん。君だから話すけれどね、ぼくの家は代々肺結核で死んで行くんだ。きっとぼくもこの死病に罹る。こう思うと怖くてね。この恐怖を自分の子孫にも与えるなんて堪えられないよ。でもさ、故国に一人の少女が居てね、ぼくと結婚をしたいって言ってくれるのさ。手紙の往復は今でも続いている。ぼくはそのまま放っておいて、彼女の気持ちに応えないようにしようと思うんだ。でもね、彼女の顔が思い浮かぶと、胸が熱くなって、つい返事を書いてしまうんだ」

こう言うと、トーマスはこの少女の写真を内ポケットから取り出して見せてくれた。おれは彼の気持ちに同情して、慰めるつもりで応えた。

「最近、コッホ先生が結核菌を見つけたと学会発表を試みただろ。肺結核が遺伝するなんて、過去の妄想に過ぎないさ。きみの身体は、今現在いたって健康ではないか。身体が強くて丈夫な婦人を娶って、体が強くて丈夫な子供を育てると決意しろよ。なんら心配はいらないさ」

トーマスは言語学を修めていて、高等学校の教員に就こうとしている。この夏に教員試験を受ける予定で、合格すれば、故郷で教壇に立つと言う。

八月三日 谷口謙から手紙が来る。太政官や参議が廃止されて伊藤博文内閣が誕生したなどと官署組織の変わりようが記されていた。また諸学士の近況も報じてあった。江口襄は風車《かざぐるま》と同《おんな》じで相変わらずとりとめがなく気まま。賀古鶴所は質朴過ぎて無頓着。小池正直は帰朝後も昔にこだわって傲慢極まりない云々。書いて来た谷口謙も含めて、誰も何一つ変わっていない。おれは腹を抱えて笑った。

八月八日　篤次郎からの手紙が届いた。以前、鳥取県令の河田景与が篤次郎を養子に欲しがった。だけど、おれが破談にした。この一件にも軽く触れていた。なに、家中の者全員の前で、約束した通りだ。篤次郎は長男のおれが一生涯面倒を見るさ。この日から、学校が夏休みに入った。

八月九日　トーマスとその友人（名前を忘れた。右手の指が二本ない男だ）と三人で、ロイトニッツにある「城の地下室」というダンスホールに行った。でも、トーマスはダンスの経験が皆無だと言う。欧米の青年なのに珍しい男だ。それなのに、なんでここに？　こう訊ねると、彼はみんなが楽しそうに踊っている姿を見るのが好きなんだと微笑んだ。そして、こうも付け足した。「ここは上層階級の客のために造られたダンスホールではないんだ。森くん、ここに集まっているご婦人たちを見てごらんよ。ほとんどがウエイトレスやメイドといった貧民階級の娘だろ」トーマスはこの上下の階級を示すために、アメリカより新たに来た友人を連れて来たのだった。

ホフマン先生の家を訪ねた。ベルを数回引いたけれど、応ずる人が居なかった。どうやら、家族中で旅行に出掛けた後だとみえる。

八月十日　田中正平の手紙がベルリンから届いた。正平は「羅馬字会《ろーまじかい》」の会員である。羅馬字会は「旧来の日本語の表記法を改めて、羅馬字で日本語を書き表そう」と主張している。「ぼくは君に羅馬字の書き方を伝えようとして果たせなかった。それなのに、君の手紙を見れば、すでに羅馬字を用いている。君は天才だね」おれが田中に送った手紙も、羅馬字で記したので、このように言うのだろう。と言って、おれが羅馬字会の法則を知っている訳ではない。ヘボン式の羅馬字綴りで、一種の写音、つまり発音をアルファベットに写しただけの試みなのだが、これが偶然羅馬字会の法則と一致したのだ。

八月十三日　ホフマン先生、及びヴュルツェル軍医の家を訪ねた。両者ともに会えず。佐方が言うには、「おとといだったと思うよ。ヴュルツェルとたまたま道で出会った。彼はドロシュケの車上から帽子を高く挙げて挨拶してきたよ。同乗の人が居たかどうかは判らないな。たぶん避暑に出掛けるところだったのだろう」と。

近頃、当地では避暑という贅沢が流行っていて、まったくびっくりしてしまう。避暑に行く当人は「いや、自分の意思ではないんだよ、やむを得ずに行くんだ」と言い訳を口にして、「こいつがね、」と小指を立てながら「どうしても連れて行けってきかないんだ」と人のせいにする。「なに、ぼくなんか貧乏性でさ。暑い日は、酒場の庭園で、椅子に腰掛けて、一杯のビールを飲み干すのが一番の好みなのにさ」とまで言う。この国の婦人たちは、そんなに避暑旅行に行きたがるのか。この質問をいろんな人にぶつけてみた。でも、いまだにはっきりとした答えは返って来ない。おれが知り合いの婦人たちは、周りのみんなが旅行をするときでも、自分だけは家に留まって、夫の行楽費が足りないのではないかと気を揉んでいるのが常だ。それでも、夫にはいつだって「行って来なさいよ」と旅行を勧める。このため、知り合いの婦人たちの多くは、せいぜい近場の温泉に行って、それで自分の暑気払いを済ませてしまう。夫の方はアルペンに登り、もって後日称讃の源にしようと願うのである。かつてオットー・ロケットは、絵描きたちがむやみに遠出を好み、身近の美しい四辺を顧みない姿勢を嘲笑した。ああ、これは絵描きたちだけの愚かさであろうか。

飯島が去った後、おれが彼の研究室に移った。本棚の洋書は、すでに百七十巻余りに至っている。大学が夏休みで閉校になったので、ようやく自分の時間が持てた。手が勝手に動いて、本を開く。この心地よさは言うまでもない。おれを感動させた文章は、ギリシャの大家ソフォクレス、エウリピデス、アイスキュロスの伝奇であった。また美文この上ないと感じた文章は、フランスの名匠オーネ、アレヴィ、グレヴィルの恋愛小説であった。ダンテの『神曲』は幽昧にして恍惚、ゲーテの全集は広大で、なおかつ偉大であった。いったい誰が夏休みにおれを訪ねて来て、この楽しみを奪うのか。いや、そんな無粋な輩は、誰も居ないさ。

おれが昼飯を食べに行くフォーゲル夫人の家でも、役所や学校の夏休み以来、来賓の入り替わりは少ない。今現在のおれと同じテーブルの客は、次に記す通りだ。まずワイガントという、小学校の教員。この男は、教員を務める一方で、大学の講義も聴いている。話は巧いけれど、器量は小さい人だ。前に舟遊びを共にした一人でもある。いつも同行しているヘーゼルは、停学中で帰郷している。またその隣席を占めるのは、ライプツィヒの公立天文台の官吏をしている某である。彼はしょっちゅう、オヤジギャグを口走る。星を眺める高邁な天文台員には、引っ繰り返っても見えない。またポーランド人が二人居て、一人は背が低く、口数も少ない。もう一人はハンサムで、おしゃべりが好き。二人とも名前を知らない。だいたいがポーランド人の名前は、その国の言葉を使っている者でないと、発音するのが難しい。マロンという人の『日本支那紀行』にはこう書いてある。日本人の姓名は、大いにポーランド人に似ている。昔は同じ民族だったのではないか。この同じ民族という妄想は、もちろん笑い飛ばすべき冗談だ。だけど、ポーランド人の人に接する際の慇懃さや、古くからの知り合いのような親しみやすさや、動作の敏捷性などに加えて、芯があって、それをかたくなに守る覚悟を持っている点などは、確かに日本人にそっくりだと感じた。ただおれが知っている数人のポーランド人について言えば、たまにつつしみ敬う態度が度を超えて、へつらいに近いとさえ感じるときがある。とりわけ、婦人を敬う姿は、まるでカブトガニが命乞いをするときの媚にそっくりだ。あと紅色の美しい服を身につけた女性が一人居たが、名前を忘れてしまった。淡い碧の瞳で、髪は金髪で、性格ははなはだ温和であった。数週間前より、行儀見習いのために来たそうだ。また少年のワルターは、富商の子である。歳は十三歳だそうだ。無邪気で愛すべき少年である。その他、前に記した人々は、あるいは避暑に、あるいは転居して、今はこの家に食事には来ない。

八月十五日　穂積、樋山、佐藤の三氏がベルリンよりやって来た。穂積はドイツに来るときに、おれと船が同じだった人である。樋山はかつて判事を務めていた。今はベルリンでドイツ憲法を学んでいる。佐藤は米国留学生で、もっぱら農学を修めている。

八月十六日　きのうベルリンに来た連中と、ナポレオン石に行った。コネヴィッツを経由して戻った。

八月十七日　朝一番に穂積が来て、別れを告げた。

八月十八日　ルチウス嬢が避暑の土地から帰って来た。

八月十九日　夜二人のポーランド人と「水晶宮」に出向いて、コンサートを聴いた。この日、ポーランド人の名前を知った。言いづらいのだが、一人をクペルニクと言い、もう一人をラッニンスキと言う。またエリー・バルナタン・マリオンと語り合った。彼はトルコの人で、パリで教育を受けてきたと話す。美男の風流人で、頭も切れる。今は音楽をライプツィヒ音楽学校で学んでいる。彼はリヨンの商人で、また音楽家でもある。

八月二十日　小雨。午後クペルニクの家を訪ねる。またホフマン先生の家も訪ねる。夫人が応対してくれた。先生はまさに避暑から帰って来たけれど、今はたまたま家に居ないと言われる。この日は英国婦人スタインフォース嬢が、おれたちの昼飯仲間に加わった。歳は十七八である。あだっぽい目と美しい眉で、髪は日本人以上に深い黒である。この人も、音楽をライプツィヒ音楽学校で学んでいる。

八月二十二日　夜フォーゲル夫人やスタインフォース嬢と一緒に、バイエルン停車場に出向く。音楽を聴きに行ったのだが、気温が低かったので、演奏は行なわれなかった。夜遅くに下宿に戻る。すると、下女がおれに叫ぶように言う。私の情夫が、今ここに来ているのよ。はあ、それで……。あなたにどうしてもお目にかかりたいって。えっ、なんで。どういうことですか。おれは頭が混乱して、問い返そうと思った。でも、言葉が口から出る間もなく、一人の男が下女の背後から飛び出して来た。おれは思わず身構えた。見ると、その男は日本の白い浴衣を着ている。なんと、榊俶《さかきはじめ》だった。榊は「精神病理学」を修めている留学生で、ベルリンからヴュルツブルクに至り、その帰途おれを訪ねて来たのだった。こんな悪戯も精神病理学を専攻している榊らしかった。榊は日本に妻を残して来ている。

八月二十三日　この日は、前年家郷を旅立った日である。早くも一年が過ぎ去った。萩原と当時の思い出話を楽しんだ。トーマスがザスニッツの温泉に居るので、手紙を出した。おれもこの頃では、避暑に興味がないわけではなかった。それなのに、あえて避暑に出掛けないのだ。理由が二つあった。一つは、前から欲しかった顕微鏡を購入したからだ。この機器の精良さは、人に自慢したいほどである。だけど、その値もまた安くはなかった。約五百マルク（百二十五円）を費やした。これでは贅沢な遊びをしたいなどとは欲しなくなる。また二つ目は、ドイツの第十二軍団（ザクセン軍団）の秋季演習が、今月二十七日に始まって、九月中旬に終わる。おれは以前ベルリンに赴いて、青木公使に「この秋季演習に参加させて欲しい」と依頼した。この成否は未だに耳にしていない。それでも、遠くに遊びに出掛けるのは、当然慎むべきだろう。夜榊やフォーゲル夫人、ルチウス嬢と共に、「パノラマ館」へ行って乾杯をした。その後「キッツィングとヘルビッヒ」の酒場へと梯子をして、そこでも大いに気勢を上げた。

八月二十四日　夜榊と共に、米を炊いて食べた。

八月二十五日　榊がベルリンに戻った。ホフマン先生やヴュルツェルと実験室に入る。ヴュルツェルは、きょうの午後に、避暑地より戻って来た。夜佐方と「ドレスデンホテル」のレストランに行った。隣席に一人のドイツ人が坐って居た。彼はこちらのテーブルに顔を向けて、自己紹介をしてきた。「ぼくはベンシュと言うんだ。印刷業をしている。近頃、薬屋の依頼で、ドイツ語と中国語で書かれた説明書を印刷したんだよ」「何の薬さ」おれは医者なので、つい訊いてしまった。すると、ベンシュはこう答えた。「虫下しの、サントニンさ」おれは失笑して言った。「それはおれがドイツ語に訳した文章だ」「そうか。じゃあ、君は中国人か」「いや、おれは日本の軍医だよ。でも、中国文はお手の物さ。といって、日本語と中国語は、少しも類似していないよ。日本人はただ中国の文字を借りているだけさ。今では羅馬字会《ろーまじ》という運動も起こっている。今度も文字をヨーロッパから借りようとしているんだな。日本人全体としては、未だに必ずしも中国文に堪能ではない。中国文を扱える日本人に、今晩巡り会ったのは、まったくの偶然、むしろ奇跡だと思ってくれ」

八月二十六日　夜、ザクセンの陸軍大臣の許可が出て、おれに演習に参加せよとの命が下った。すぐに荷物をトランクに埋めて、出発の準備をした。避暑に出向かなくて正解だった。

八月二十七日　晴。ドレスデン停車場に行って、午前十一時二十五分にライプツィヒを発った。これより先、二十六日午後五時に陸軍省の命令書が届いていた。出発時期を翌日の午前六時と記してあった。トランクを連隊に輸送する時間がなかった。ゆえに十一時二十五分の汽車に乗って、マッハーンに赴き、大隊に合流することにした。十二時にマッハーンに到着した。ドイツの村落は今まで見た経験がないので、珍しいなあとわくわくした。ヴュルツェルの兵隊が駅に迎えに来ていた。すぐにおれ自身にトランクを担がせ、宿舎に連れて行った。この宿舎はパウル・シュネットゲルの城である。崩れ落ちている古い石門から中庭に入った。中庭には、槿《むくげ》の白い花が咲き乱れていた。中央に背の高い建築物が建っていた。壁は白亜で、屋根には瓦を葺《ふ》いていた。石段の左右には石の獅子が置かれていた。家の中には装飾品が多く、戦国時代の面影が宿っていた。円天井と四方の壁には鬼神龍蛇が描かれ、柱には武器と獣の頭が飾ってあった。食事には階上の部屋が当てられていた。美酒と最上級の食事が出て、じつに美味だった。またデザートにはイチジクが給されて、これもたいへん美味しかった。主人夫妻のほかに、エリーゼ・シュネットゲル、ヘレーネ・ワルター、バーゼル嬢といった三人のお嬢が席に着いた。エリーゼ・スネットゲル嬢は痩せていて背も低いが、頭の回転が素晴らしく、気の利いた会話を連発するので、人をびっくりさせる。ヘレーネ・ワルター嬢は赤ら顔だ。頬もふっくらとしている。また言葉遣いもいかにもお嬢さまらしくおっとりとしていて、聞く耳に穏やかな感じを与える。でも、残念ながら美人ではない。バーゼル嬢は寡黙で沈着、しとやかなことこの上なく、じつに好感が持てる。午後「クリケット」なる球技で遊んだ。終わると、庭をぶらぶらした。その広さたるや、ローゼンタール広場にも負けてはいない。エジプトのオベリスクの模型も建っていた。またもう一棟、別の塔も建っていた。たいへん高い塔だ。エリーゼ・シュネットゲル嬢が、そこの錠を解いて、客を中に導いて登り始めた。頂上に着くと、四辺のどこを眺めても、だだっ広い平野である。麦畑と松林が半々か。みんなが口々に言う。「この塔は鉄道からも望める」と。塔の一室には、ノートが備えてあって、ここまで登って来た者の氏名を記すようになっていた。おれも漢字で「森林太郎」と書き記した。少女たちが、ボートを池に浮かべたいと言い出した。でも、きょうはもう遅いからだめだと言われて、果たせなかった。晩餐が始まる前に、主人が立ち上がって、挨拶をした。三回も酒のグラスを傾けて、将校たちの健康を祝した。おれたちもまた杯をあげて、主人一族の繁栄を祝った。午後十時半に、眠りに就いた。天蓋付きのベッドで、赤いカーテンが垂れていた。まるで王様の気分だ。同じく城に宿を取った者は、大隊長のワグナー少佐、フォン大尉、エーア氏、ヴュルツェル一等軍医、ビーダーマン少尉である。

八月二十八日　晴。午前六時に、大隊長は宿泊所の前で部下を閲した。そして、そのまま率いると、この地を去った。おれは七時に、ヴュルツェル及びファルクナー主計官と共に、ドロシュケ（辻馬車）を頼んで出発した。松と柏といった常緑樹の林を通り過ぎて行く。平原もあった。赤い花が満開であった。たぶん「ハイデクラウト」というしゃくなげ科の花であろう。九時に第一大隊とトレプゼンで合体し、休憩をとった。連隊司令官のロイスマン大佐、ビューロー中佐、フォン少佐、レーベン氏と出会った。ロイスマン大佐は顔見知りだった。かつて彼の自宅を訪ねた経験がある。十時三十分ネルハウに着いた。「太陽ホテル」を宿舎とした。「ホテル」と言っても、純然たる農家である。窓にまとえる葡萄は、丸々と瑠璃色の房を垂れている。たまに野生の動物が来て、この葡萄を啄ばむそうである。ワグナー少佐と共に、昼食を摂った。終わると、二三の士官と庭の椅子に坐って雑談をした。そこに郵便配達夫が来て、おれに二通の手紙を差し出した。一通は家からの封書で、東京をはじめ日本各地の水害の報告が書かれていた。もう一通は飯島魁からの手紙であった。飯島はおれの写真を携えて六月に帰国している。おれの実家を訪ねて、写真を手渡したと書いてあった。士官たちが日本の郵便切手を珍しいと言って欲しがった。いいよ、あげる。おれは笑いながら、貼ってあった切手のすべてを剥がして、みんなに配った。夜は村の劇を観た。劇場は宿舎の二階であった。造りは東京の寄席にそっくりだった。出し物は『ベルリンの従軍僧』であった。主人公の役をメッツァーという俳優が務めた。彼は可もなく不可もない。ところが不思議なことに、女優たちの容貌が、全員醜い。どうしてなのか？　観終わったのは、十時三十分であった。おれが寝室に入ろうとした時に、ドアの前に一人立っている男が居て、いきなりこう話し掛けてきた。「君は十字架会員になりたくはないか」おれはそれがどういう意味か解らなかった。でも、冗談半分に「なりたいね」と答えた。すると、その男はおれを促して、テーブルの脇に連れて行った。そのテーブルの中央には、十字形が描いてあった。「この周囲に一釘を振り下した者が会員である」釘の位置に従い、鉄鎚を打ち込める箇所は十片から二十五片しかない。なるほど、鉄槌を振り下ろしても、うまく打ち下ろさないと、数十下の木に入らないのだ。おれは四回打ちおろして、そのうち一度だけ上手く行った。結果、薄い鉄の十字形の会員証を授かった。一八八五年ネルハウの文字が刻んであった。会には法則があった。その一節にはこうある。おおよそ新たに会員となる者は、生涯の失策三つを挙げて、社員に示すべし。しかれども、すでに婚約者が居たり、結婚をしていたりする者は、後二つの失策を挙げればいい、と。面白い。愉快だ。結婚をもって、人生の失策となすか。その他の会員規則も、冗談っぽい規律が多かった。思うにこうして集めた会費は、貧民を救助する資金に充てるのだろう。そして、この奇妙な会のテーブルは、ドイツの国中にあるという。十二時に眠りに就く。

八月二十九日　晴。午前七時十五分に、大隊と共に徒歩でネルハウを発って、九時にブレーゼンに達した。そこで全旅団と合同した。フォン・ルドルフ中将、及びフォン・チェルリーニ少将と出会った。チェルリーニ氏はおれの顔を覗き込んで、伊地知大尉じゃないかと叫んだ。なんとまたしても伊地知大尉と間違われた。しかも、今度は同性からだ。みんなが失笑した。十時に砲撃を始めた。十一時に演習が終わった。十二時三十分ホテルに帰った。午後一時にワグナーと共に昼食を摂った。青木公使から書簡が届いた。ザクセンの陸軍卿がおれの従軍を許可したという告知である。六時に晩餐を摂った。おれの傍に坐ったのは、予備軍大尉のヘルジッヒで、今はライプツィヒ大学の図書を管理している。彼は飯島魁を知っていた。夜将校とトランプを切って遊んだ。この日、一人の士官がニコライの事を知っているかと訊いて来た。ニコライはフォーゲル夫人の食卓の客で、予備少尉である。この連隊の第四中隊に属している。おれは演習中に、ニコライのホテルを訪れる約束を交わしていた。士官が言う。軍隊がライプツィヒを発つ日に、ニコライは足に怪我をしていたために、従行を辞したと。また重ねて教えてもらった。木越大尉は演習中に鎖骨を挫いて帰休したと。

八月三十日　晴。日曜日である。演習はなし。フォン・ビューロー中佐、ロイスマン大佐、その他の将校数十人と共に昼食を摂った。午後ヴュルツェルと一緒にムルデ河畔をぶらぶらした。あとメッソー大尉と一緒にヴュルシュヴィッツ村に行った。ホテルに帰ると、すでに灯が点る時刻だった。この日は日曜日なので、子供たちはみんな新しい服に着替える。思うに、小さな田舎町の風習だろう。

八月三十一日　晴。午前七時十五分、宿舎を出て、デディッツに近い礫柱山《たくちゅうさん》の上に登った。仮設の敵の陣地に居て、演習を見学するためである。仮設の敵は、フォン・レーベン少佐とメッソー大尉が率いる役である。一人の老人が居た。家族らしき若い女性と共に、馬に乗って観に来ていた。その女性は深緑の服を着て、白馬に跨っていた。馬車が一両随っていた。若い女性を数名乗せている。一士官が話す。「あの人たちはデーベンの人で、フォン・ビューローの一族だよ。七人の娘がいるんだ。そのうちの一人は、すでに少佐某に嫁いでいる。自分も前年の演習中に、あの家で宿をとった。主人が我々のために舞踏会を催してくれてね、自分もまたそのうちの一人の娘と踊ったよ」と。十一時に宿舎に帰った。フォン・エーア大尉、メアハイム中尉、ミュラー少尉と共に、庭で昼食を摂った。午後六時からは、将校数十人と会食をした。

九月一日　晴。ネルハウ府のセダン祭りの案内書が送られてきた。「明日の午後八時から太陽ホテルに於いて催します。どうぞいらっしゃって下さい」おれは明日露営に出るので謝絶するしかなかった。きょうは演習がなかった。

九月二日　晴。午前七時に宿舎を発ち、七時五十五分にブレーゼンに着いた。演習が行われた。国王が視察した。きょうの演習には騎砲兵が加わった。午後一時ハウビッツ村に接する野原に出た。しばらくして、会計官が数両の車を率いて応援に来た。車には薪と藁、そして士官たちのトランクを積載していた。すでに歩哨を分けて立たせたり、兵士を分配したり、天幕の開帳などは終えていた。背負ってきた薄い鉄の筒に馬鈴薯や塩漬けの肉を盛って煮ると、パンと共に食べた。炊事兵はハウビッツ村の酒場からテーブルやイスを借りて来て、将校のために食卓を設けた。食器はトランク一つに収めて持ち運んで来た。トランクは小さい。だけど、数多くのカップや洋皿を巧みに仕舞い込んでいる。垣間見ると、陶器で造られているようだった。夜はテントの中で寝た。

九月三日　晴。午前九時三十分に、仮設の敵をラーゲヴィッツで襲った。十一時にはこのラーゲヴィッツ付近で休憩して、グロッテヴィッツ、シュモルディッツを経て、客舎に戻った。時刻は十二時三十分になっていた。

九月四日　曇。午前六時四十五分に、大隊と共にネルハウを発った。カネヴィッツにて他隊と合体して、ザルカ村の近傍で仮設の敵と遭遇した。十二時にガシュテヴィッツに達して、ここでトランクを置いた。午後四時三十分にムッツェンに赴いた。思うに、第百七連隊の将校と一緒に晩餐を摂る予定があるからだろう。九時三十分にガシュテヴィッツに帰った。この日はまた、ニコライと邂逅した。彼の足の疾患は、もう完全に癒えていた。

九月五日　曇。西風。大隊と共に、ガシュテヴィッツを発ち、ラーゲヴィッツの近傍の南面に陣を取った。また仮設の敵と出会った。南軍はツショプアッハから攻撃して来た。演習が終わった。道程をブレーゼン、グレヒヴィッツと辿って、デーベンに至った。途中で雨に降られた。デーベンの宿泊所は古城であった。城の見た目は、ほぼマッハーン城にそっくりであった。その位置は東ムルデ河に臨み、右にレンガ造りの水車小屋が見えた。対岸には芽がまばらに生えた野原が広がっていた。岸辺には数百株の柏が生えていた。城の直下は鉄道が走っていた。城主はフォン・ビューローと言う。耳順、つまり還暦の老人である。思い出になるので、来賓名簿に署名をして欲しいと言う。彼はその六人の娘たちを呼んで、客に挨拶をさせた。マリアはすこぶる美人である。もう一人は目元が鋭い。イイダと言う。もう一人は両眉にいつも愁いを浮かべていた。その名前は忘れてしまった。トニは痩せていて、目が大きい。アンナは鼻が低く、おでこである。ヘレエネは背中が曲がっている。晩餐後には、みんなでビリヤードをした。一緒にここを宿とした者は、ワグナー少佐、フォン・ビーダーマン少尉、ヘルジッヒ大尉、及びヴュルツェルである。この日、ベルリン公使館からの封書が届いた。「ドレスデンの冬季軍医学講習に参加すること、すでにザクセン国王の許可を得ている」と記してあった。これは、おれがかつて公使館に赴き、請求していた二番目の事柄である。

九月六日　日曜日である。青空はどこまでも澄み渡っていた。透明な朝日が林を照らし、そよ風がムルデ河の水面に細紋を描いていた。対岸の野原に顔を向けると、牧童が羊の群れを牽いて行く姿が見られた。今度は右側に顔を向けた。すると、水車小屋の向こうに一つの部落が広がっていた。そこはおれたちが今まで留まっていた、ネルハウであった。午後二時に、ワグナー少佐と馬車に乗って、グリンマの「軍人会館」に至った。ザクセンのアルベルト王の招待に応じたのである。これから先、ガシュテヴィッツに行くまでの、計画書を見せられた。それにしても、ここの「軍人会館」はたいそう広大である。器具は王宮から運んで来ていた。陶器はマイセンの製造で、白地に紅緑の花卉《かき》を描いている。きっと中国の景徳鎮辺りを模しているのだろう。また料理は銀の皿に盛り付けられていた。会食する者は百三十余人にのぼる。みんな将校と佐官である。おれは外国の将校だとして、この会への参加を許可された。集まり来た軍医の名を挙げると、ロート軍医監、デーラー軍医正、及びツィンマー、その他の軍医正が七人ほど居たが、彼らの名前を忘れてしまった。食事が終わった。国王が徒歩で、おれの面前にいらした。おれは立ち上がって、お礼を述べた。すると、国王はゆったりとした口調で、こう話し掛けて来た。「ドイツは、どうかね。また来遊の主な目的はなにかね」おれは失礼のないように短く受け答えをしておいた。ロート氏がおれを連れて、ゲオルグ王子の前に立ち、数語を交えた。またフォン・ファブリース伯——かつてドレスデンで謁見した覚えがある——とも語る機会を得た。スエーデンの一大尉が参加していた。この大尉がおれに話し掛けて来た。見覚えのある顔だった。以前、どこかで会っているのだろうか。そうだ、思い出した。ドレスデンでの負傷者運搬演習のときだ。あの時に見掛けた顔だ。でも、彼のドイツ語はたどたどしかった。「軍人会館」を後にして、ロイスマン大佐、ワグナー少佐と共に、「金獅子ホテル」に行った。途中で数百人の子供が、おれの背後にくっ付いて歩いて来た。思うに、グリンマで日本人を見るのは、はなはだ珍しいからだろう。ロイスマン大佐が振り返ると、大声で「おまえらは、ロバか。羊か!」と怒鳴った。どうやら我が国の「馬」「鹿」に当たる罵詈雑言のようだ。ようやく、子供たちが散会した。夜、ワグナーと一緒に城に帰った。

九月七日　晴。明け方にデーベンを発った。ヴァーゲルヴィッツ村の近くで演習があった。騎兵が我が軍を襲撃するという仮定のために熱心な議論が起こった。おれはリューレマン軍医正と共に馬車に乗って演習を見学した。演習が終わる寸前に、おれはリューレマンと別れて、ヴァーゲルヴィッツ村に行った。もしかしたらヴュルツェルが、この村に居るのではと思ったからである。おれは一軒の酒場の前に立った。すると、誰かが背後からおれの肩を鞭で軽く叩いた。振り返ると、十五六の少女の顔が馬車の中に見えた。頬が紅色で、目が蒼い。にこりと笑って言う。「あなたの帽子って、とってもきれいね。ちょっと手に取らせてくれませんこと」おれは笑い返して、「いいですよ」と答えた。この村の少女だが、人に遠慮しない。日本の少女では考えられない。これも西洋の個人主義の成果か。見事としか言いようがない。この後でムッツェンに達した。ある商家に投宿する。主人をティアラックと言う。我が国の、いわゆる小間物商である。待遇は言葉にできないほど厚かった。二人のお嬢さんが居て、エミーとマチルデと言う。またオルガという親戚の女の子が、ビルナから来て、この家の客人になっていた。そのオルガが話す。「前に女友達の女医へレネとライプツィヒに行って、「パウリーネ・バル」の舞踏会に参加したのよ。その時にヘレネが、一人の日本人と踊ったわ」その男は、飯島魁であった。「ぼくもまた、その舞踏会に出ていたんですよ」おれがこう告げると、「奇遇ですねえ」とびっくりされた。オルガは細身の清純そうな少女で、好感が持てた。でも、見掛けからは判らなかったが、後で彼女が八年来の重い難聴に苦しめられていると知った。

九月八日　天候は曇である。午前七時に宿舎を出て、大隊と共にゲトヴィッツの傍で短い休憩をとった。ここからロッテリッツを経て、イエーゼヴィッツの近くにまで至り、そこで演習を行なう。一時ムッツェンに帰り、「ベルガーの酒場」で軽く飲んだ。

九月九日　晴と雨、定まらず。七時に大隊と共にムッツェンを離れて、ケルミッヒェンとマーシュヴィッツの北に、まず陣を張った。しばらくして、ガシュテヴィッツのすぐ近くにまで至った。十一時に演習が終わった。ガシュテヴィッツの酒場で一杯引っ掛けた。午後一時にムッツェンに帰った。すると、石坂惟寛から手紙が来ていた。山根武亮大尉が持参してくれたのである。夜オルガがその伯母（おれが泊まっている雑貨店の向かいに住んでいる）とやって来た。「ステレオスコープ」という、二枚のレンズを使って、写真を立体的に見せる装置を携えてである。浮き上がった写真を眺めながら、三人で談笑した。

九月十日　曇。きょうは演習がなかった。午前十時ごろ、雷雨があった。しかし、何事もなかったように、すぐに晴れ渡った。午後二時にロイスマン大佐や、その他数十人と会食をした。

九月十一日　曇。午前七時にムッツェンを発った。今夜は露営して、明日グリンマに赴く予定である。八時三十分には、ラーゲヴィッツの近くにまで辿り着いた。十二時に演習が終わった。露営の準備をした。テントを張っている時に、いきなり雨が降って来た。すぐに、露営中止の命令が下った。またムッツェンに戻るしかなかった。手早くテントをしまって、帰途についた。時として、突風が巻き起こり、雲が吹き飛ばされた。おれはヴュルツェルと一緒に隊伍から遅れて徐歩《じょほ》で帰った。ところが、ムッツェンに近い松林まで来た時だった。あっと言う間に、真っ黒い雲が広い空を占領した。と思ったら、雷が閃光して、ついで轟音が鼓膜を脅かした。しかも、この直後に、強い風が吹きすさび、激しい雨が降り注いだ。すると、「うわあ、助けて！」と悲鳴が耳に入った。顔を向けると、六七歳の村の子供だった。どうやら、演習を見ようと野外に出て来て、帰り道でこの雷雨にぶつかり、真っ暗闇になったことにびっくりして、声を発した様子だった。「うちまで送ってあげるよ」おれが指切りの恰好をすると、村の子供はそれが解るのか、たちまち喜色満面になった。村に入って、すぐに子供は左の方の農家を指さした。「あれがぼくんちだ」「おう、そうか」と応えて、そこで別れた。チィラックの家に帰り着いた。夜大隊長以下の数十人で、村の小さな「軍人会館」で飲んだ。

九月十二日　雨、風強し。午前六時にティアラック氏に別れを告げると、一等ドロシュケ（辻馬車）一両を雇い、ラーゲヴィッツに向かった。演習はすべて終わった。やはり、一等ドロシュケを駆って、グリンマに行った。将校数百人と「軍人会館」で会食をした。四時にグリンマを発って、ライプツィヒの自分の下宿に戻った。時刻は午後六時になっていた。きょうの帰途、ヴュルツェルが言った。「きょうは妻の誕生日なんだ。自宅で演習の打ち上げを兼ねて、祝宴を開くつもりさ」おれは部屋に戻ると、すぐに花屋に出向き、盆栽を一鉢購入して、ヴュルツェルの家に届けてもらった。この後、例のフォーゲル夫人の自宅にお邪魔した。フォーゲル夫人は酒や肴を用意して、おれを待っていてくれた。フォーゲル夫人が言う。「この頃、わが家で昼食を摂る人が、やたら多いのよ。フランス人が一人増えたでしょ、それにイギリスの婦人だって四人も居るのよ。その中に、あなたがリスヒェンから帰る日を、首を長くして待ち構えていた女性が居るわ」「いったい、誰ですか」おれは不思議に思って訊いてみた。「ほら、いつもきれいな紅色の服を身につけている女性よ、わかる?」

九月十三日　朝、また家からの手紙が届いた。中に佐藤元萇《げんちょう》先生（應渠《おうきょ》翁）の手紙が入っていた。

互いに東西遠くに離れており、顔を見る機会もありませんが、いかがお過ごしでしょうか。私は筆を取っても文章を書くスキルがありません。それでも、手紙を書こうか、止めようかと心が迷うのは、君への熱い思慕があるからです。でも君に私と同じくらいの、私への強い思慕があるのかな、いやないだろうな、あるわけがないよなと考え込んでしまうと筆が止まります。それにしても、あなたさまのご一家も、うちの一家も無事で居られるのは嬉しいことです。しかしながら、今月一日には東京が大洪水に見舞われて、堅固であったはずの千住橋と吾妻橋が押し流されてしまいました。また郊外でも水害の惨状があったと、後で新聞などから知りました。まあ後は省略しましょう。

五月雨にこゝろ乱る、ふる里をよそに涼しき月や見るらむ

下手くそな和歌です。どうぞ添削下さい。あなたのご令妹喜美子さまは和歌もご上達して、読ませて戴くと、いつも感激致します。今回書き残した事柄は、次回の手紙に書かせて戴きます。お身体を大切に。ぜひ、また。

七月十一日。

應渠拝

牽舟様《けんしゅう》（これは、おれの別号）

きょうはフォーゲル夫人の家で昼食を摂った。クレンチュ嬢姉妹、及びその母親と叔母に出会った。ルチウス嬢が自分の部屋におれを引っ張って行き、今月十一日の誕生日に人々が贈ってくれた花卉を見せてくれた。日暮れてから、トーマスが浴場から帰った。フォン・チルスキー少将、ロイスマン大佐、ワグナー少佐、チムメル軍医正、リュウレマン軍医正を訪ねて、演習中の好意に謝辞を述べた。

九月十四日　晴。午前、ホフマン先生を訪ねる。二時間ほど余談をする。午後八時「カシノ」（将校集会所）に行った。リューレマン軍医正、ツィンマー軍医正の二人と、ヴュルツェル軍医に会った。ヴュルツェルが言った。「明日ライプツィヒを発って、ドレスデンに赴くんだ」

九月二十三日　家から手紙が届く。旧東亜医学校の大秀才、高野寛一郎の手紙が入っていた。彼はおれに東亜医学校で教えを受け、さらに陸軍でのおれの噂を耳にして、「仰慕の情益々切なり」となった

らしい。しかし、彼は故あって故郷に帰り、おれが海を渡ってドイツに行ったので、「仰慕に堪えず」の心境であると書いてくれた。それでも「国家のために自愛珍重せられよ」と。嬉しい限りだ。いい奴だ。励みになる。

九月二十七日　片山国嘉がベルリンから来た。萩原の家に行って、鯉《こい》の膾《なます》をおかずに米飯を腹に入れた。食後に「ボオレ酒」を作って、これを飲みながら歓談をした。「ボオレ酒」は、ワインやシャンペンなど種々の酒類を入れた壺の中に、果実・香料・砂糖などを投じて作る。真冬になると、この酒を温めて「グリューワイン」と称して飲む。片山が少し酔って、フォン・レーマン嬢の経歴を語り出した。「ベルリンに一人の未婚の女性が居る、その名をフォン・レーマン嬢と言う。元は某伯爵の娘である。お嬢はかつてこう誓った。『どうしても日本人の男を捕まえて夫にするわ！』お嬢がこんな不思議な願いをどうして持ったのか。いくつかの要因が考えられる。だけど、確かな理由はこうだ。ベルリンに居る日本人の留学生は、学問ができる。またお金もたくさん持っているようだ。日本人官吏が任地ベルリンに留まって、結婚生活を営んでいる例もある。またドイツ人で伯爵であっても、某伯爵は貧しくて、顔がやつれている。自分が財産のある西洋人に巡り合って、そこに嫁ぐのは難しいに違いない。こう考えて、お嬢が選んだのが、青山胤通《たねみち》だった。二人はある集会で知り合い、二人だけで遊歩し、二人だけで観劇をし、結納の日さえ遠くはないと周囲から思われていた。こんな時のある夜、青山はこのお嬢や同窓生の某々と一緒に博覧会園でデートをした。バラの花を一本贈り、しばらく話した後で、「あっ大事な用事を忘れていた」と言い残して帰った。同窓生の某々は、お嬢と一緒にここに留まっていた。このとき、偶然この博覧会園に来た、一人の日本人の書生が居た。名前を榊俶《さかきはじめ》と言う。背が高く、色が白く、西洋人に好かれる風采である。故郷に妻が居るのも顧みず、このお嬢に巧みに媚《こび》を売った。お嬢は何を思ったのだろうか。青山が贈ったバラを手に取ると、この男、榊俶に与えてしまった。二三日のあと、加藤照麿のところへ、一通の手紙が届いた。先日博覧会園内で相見た榊君に秘かに話したい事がある。動物園で会いたい。この旨を榊君に伝えてくれないか、との内容であった。加藤はかねて青山の自負を憎しんでいたので、一策をめぐらして、青山を訪ねて伝えた。「某日、某時、動物園に来たまえ。一つの珍奇な芝居を見せてあげるよ」と。隅川宗雄がこの謀《はかりごと》を小耳に挟んで、哀れと思ったのだろう、現実を青山に伝えた。青山はお嬢の不誠実を大いに怒り、手紙を送って、絶交を宣言した。榊だって既婚の男なので、このお嬢の誘いに応ずるわけもない。お嬢は罪を悔いて、青山に謝ったけれど、青山は断じて許さなかった。このお嬢の平生の願いは、絵に描いた餅に成り下がったという話さ」

九月二十八日　秋の寒さが、肌に応えた。細い雨が霏々《ひひ》と降り注いでいた。午後三時ドイツ婦人会の第十三回総会に赴いた。この会は一八六五年に創立して、機関誌「新しい路」を発行している。発起者をオットー＝ペーター氏と言う。氏は女流作家であり、婦人運動家でもある。またフォーゲル夫人の一族である。第十三回総会は、ライプツィヒのクラアメル街第四号にて開かれた。開催時期は昨日の九月二十七日から明日の二十九日の三日間に至ると言う。しかし、男子の傍聴は、きょうと明日の午後のみの許可だ。会する者は数百人に及んでいる。この中で、男子はわずかに十人ばかりである。演説をしている婦人の中で、カッセルのカルム氏という人の言葉が、最も聴衆の心を動かした。この会が目指す先は、主として貧者や罹災者を救うことであり、また看護にあると言う。午後六時に閉会。おれは十時にバイエルン停車場に赴く。フォーゲル夫人がプラウエンから帰るのを迎えるためである。フォーゲル夫人は親族に洗礼の儀式があって、プラウエンに行っていたのだった。

九月二十九日　午後三時に、ニーダーミュラー氏（フォーゲル夫人の娘）と共に、ふたたび婦人会に赴いた。演説の中では、シュミット氏とゴルドシュミット氏の言葉が、心に響いた。後者はどうやらニーダーミュラー嬢の恩師である。この日はシュライデン氏も、また会場に来ていた。

九月三十日　午後四時、ヴュルツェルとライヒス通りの酒場で会って、ミュンヘン府御用達しの酒を飲む。

十月一日　宮崎津城《しんじょう》（道三郎）と井上巽軒《そんけん》がハイデルベルクからやって来た。フォーゲル夫人の家に仮寓した。おれがそう勧めたのだ。津城はおれと同じ船で西欧に渡って来た一人で、性格も温厚な君子である。巽軒は今回初めて会った。容貌は古い日本人の面影を偲ばせている。顔には痘痕《あばた》があった。その話しぶりは雄弁で留まる機会がなく、まるで周りに人が居ないかのようであった。その詩集と東洋哲学史の草稿を見せてくれた。ドイツに来てから、初めて今夜、東洋の文章について談じた。言うまでもなく、心地よい時間だった。

間にはファウストやマルガレーテの銅版画が飾ってある。この家はライプツィヒの仮住まいにも優っている。

十月十四日　シュテッヒャー軍医正の講演に出席する。髪は半分が白髪で、顔はひげもじゃで、背は低い。シル一等軍医が細菌学を講じた。体躯が大きく、明るい髪の色で、鬚が長い。夜ロートと大僧院街の「レンナー酒場」で会った。酒を飲む間に、ロートが口を開いた。「先日、松本順や橋本綱常の手紙を読んで、大いに困惑したよ」「どうしてさ」「うん。松本の手紙は必ず秘書が書いて来る。松本は署名するだけだ。橋本の手紙はベルリン調が最も強い文章で、ドイツ人といえども、ベルリンに生まれ、ベルリンに長けた者でないと書けない文章なんだよ。また橋本は軍医総監ではないのだろ。橋本は一軍医監なのに、勝手気ままに命令を変更するんだよ。これは奇中の奇とか言ってさ」おれは応えた。「閣下への疑問は解らないでもない。橋本であっても、必ず松本に訊いて変更すべきなのだが、時間がなかったりすると、そのように自分だけで変更してしまうんだな。東洋に〈将軍は実戦に臨むと、臨機応変を第一として、君主の命令にも従わない事態がある〉の諺があるんだ。かつ橋本が帰国するや、松本は辞任して、橋本が松本に代わってその任に就いたんだ」ロートが言った。「ああ、そういうことなのか。橋本は大山陸軍卿の随行に過ぎなかったものな。さぞや人がうらやむ出世なのだろうよ」しゃべらなかったが、橋本氏の手紙は、じつはミュラーというベルリンっ子の手で書かれている。ロートの推理は大当たりなのだった。

十月十五日　ベッカー軍医正の講義が始まった。白髪で、その性格は剛毅である。ゼッレ一等軍医は、その容貌が「團々珍聞」という風刺週刊誌に掲載されている、官吏の戯画「鯰公《なまず》」を髣髴《ほうふつ》とさせる。フィッシャー一等軍医の演説は、聴講生に眠りを催させるようだ。ヘルビッヒ軍医正は渋舌と言うか、たどたどしくて下手の一言、聞くに堪えない。きょうはまたロートの軍陣衛生学講義も始まった。その談論は極めて老練である。

十月十六日　講義内容は、旧知の事柄ばかりである。以下、必ずしも書き残さない。夜女優で詩人の、アンナ・ハーファーランドの朗読を「ザクセンホテル」に行って聴講した。読み物は「デア・ヴィルデ・ヤグト」という、魔王の眷族で嵐の夜に狩りをする男の物語であった。抑揚や間の取り方の妙は、言うまでもない。

十月十七日　ドレスデンの兵器庫、戎衣庫《じゅういこ》（軍服の倉庫）、兵車庫などを見学した。これらの壮大さにはびっくりさせられた。

十月二十日　ドレスデンの武器庫の中でも、とりわけ機密性が高い、銃砲をしまってある倉庫を見学した。小銃があった。我が国の維新前の小銃で、鷹の羽の徽章《きしょう》が記してあった。

十月二十一日　篤次郎から手紙が来た。松田蔵雄の追悼詩集について触れられていた。松田蔵雄は篤次郎の親友で、以前おれに漢詩を送って来た。が、七月十三日に大学水泳場で溺死したとの報せを受け取っていた。また「近里狂談」として、以下の話が記してあった。「砂糖屋の某が養母と通じて、腹に子までつくってしまい、亀有の吉田医師に堕胎をさせた。吉田先生は、その嬰児の骨を庭に埋めた。これをうちの書生の山本一郎が呼ばれて、憲兵と共に吉田先生の庭を掘り起こして嬰児の骨を見つけた。この驚愕の噂が千住を揺るがしている。父の医師仲間である内田元醇《げんしゅん》先生などは、吉田先生を気の毒がって、集会を開いて救おうとしている」云々。

十月二十三日　初めて暖炉に火を入れた。

十月二十四日　澣衣廠《かんいしょう》（軍服の洗濯場）とパンの製造場を見学した。防腐を施したパンがあった。フライパンに入れて、空気の流通を絶ち、その後で焼いてつくるパンである。また鉄筒を截《き》って、骨折などの応急処置に使う添え木の代用品にする方法を知った。

十月二十五日　ヴィルケとロートの家で昼食を摂った。ヴィルケは三等軍医で衛生司令部に奉職している。美男の才子である。フランス語とスペイン語の二国の言語に通じている。さらに近頃は英語をも学んでいる。性格も見栄を張らないで、質実剛健である。おれはたいそうこの男を気に入っている。ロートの家を辞して、帰途「アカデミックビヤホール」で飲んだ。弁護士のヴィルケと顔見知りになった。この男は軍医のヴィルケと友達である。太っていて、朴訥《ぼくとつ》。我が国の弁護士先生たちとは大いに違う。おれはヴィルケという名前の元の意味を訊ねた。すると、弁護士ヴィルケが答えた。「ヴォルフ（狼）ですよ」おれたちは互いの顔を見て大笑いをした。

十月二十八日　夜「勝利神堂」に行った。ライプツィヒの「水晶宮」に似ているが、こちらの方が安っぽい。電気燈の機関を見学する。

十月二十九日　早川歩兵大尉がベルリンより来た。ベルリンの猟兵大隊に所属している。猟兵大隊はライフル銃を取り扱うエリート部隊である。

十月三十日　地学協会に出向いた。ロート氏が「マラリア地方論」を発表した。

十一月一日　音楽を「ブリュールテラス」で聴いた。

十一月六日　刑務所を見学した。三階建てとして造られていた。下層から上層を見上げると、視界を遮る物がない。階段と手すりには、至る所に隙間が作られている。これで建物のどこでも一目で見通せる。これは、もちろん囚人を監視するためだ。でも、衛生上の観点から見れば、換気の利便性もあることは言うまでもない。作業室の換気窓は、両壁に相対して付いている。排気坑は煙突の脇に付いているので、煙突の熱を借りて温かい空気を吸えるようになっている。また別に部屋の暖房としては、室内に放熱器を置いて、そこに熱湯を通す方法が取られている。しかも、その管は細くて、見た目もいいし、邪魔にもならない。部屋の隅に据えられている便の壺は、そのまま太い管に繋がっている。思いの外、清浄である。癩病患者の部屋は、四方の壁に布を張り巡らして、空気の洩れがないように工夫されている。便の壺は囚人の部屋と同じであるが、その蓋は堅牢で壺の縁にぴったりとくっ付いている。

十一月七日　初めて王立劇場に行った。規模はびっくりするほど小さい。狼が、いやヴィルケが誘ってくれたのである。

十一月八日　ロートの家に招かれて晩餐をした。ロートに家族は居ない。代わりに、愛犬が居る。愛犬がテーブルに近づいて来て、食を求めて悲しげな唸り声を上げた。おれは肉を与えた。ロートはおれが着ている軍服を指さして言った。「ブラウンシュヴァイクで昔それによく似た軍服を用いていたよ。ちょうど英国の軍服に仏国の等級章を付けている感じで、両者のいいとこ取りだな。ぼくはその軍服を見るのが好きでね」ロートはまた日本画を二幅示した。どちらも俗匠の手で描かれた、いわば偽物であった。おれは臆せずに、そのことを指摘した。他の部屋に、仏壇のごとき物が据えられていた。ロートは自ら立ち上がって、その扉を開いて、おれに奥を覗かせた。裏面には写真が数百枚も貼ってあった。「これは普仏戦争の時に、ぼくの部下だった軍医たちだよ。もう亡くなっている者がほとんどだ」

十一月十日　シュテッヒャーがおれを「第二グレナディー」連隊の「カシノ」（将校集会所）に招いた。テーブルに広がる、酒や肴は豊かで美しく、とりわけシャンペンが美味かった。

十一月十三日　家からの手紙が届いた。喜美子が一橋高等女子に受かったので、その下宿について間取り図付きで記してあった。きょうはマルコリニー宮殿を改築したフリードリヒ病院を見学した。会議室の壁には中国絵画が貼ってあった。さらに、天井には「東西南北・春夏秋冬」の文字が書き込んであった。しかし、誰一人として、この文字の意味を理解している者は居なかった。仕方がないから、おれがドイツ語に訳して説明をした。すると、一人が応えた。「この部屋は、昔ナポレオンが宿営するときの部屋だったのです」消毒室は熱蒸気を大きな鉄製の箱の中を通して、菌を撲滅する仕組みになっていた。内面の鉄柱にはどれも布が巻かれていた。錆を防ぐためである。衣服などは衣桁に掛けて消毒をする。もし縄で縛って鉄製の箱に投げ入れると、その縛った箇所に皺が生じて、その皺を取り除く方法がないのだそうだ。敷布に関しては、丸めて投げ込んでも、その色彩が褪せることはないそうだ。ただ革類は熱に堪えられないので、別の消毒室——気体消毒剤として亜硫酸ガスを吹き掛ける消毒室——を設けていた。穴倉があった。スヴェルン粉で汚水を清めて、これを一般の排水管に流す。でも、この消毒の仕方では、菌を撲滅できない。有効な方法だとは言い難い。院内にギリシャ神話の神ポセイドンの巨像が飾られていた。壮大である。

十一月十四日　夜寸暇を惜しんで、初めて新都市の王立劇場に行く。

十一月十八日　ロートの家で晩餐をする。

十一月十九日　ドレスデン衛戍病院で衛生将校会の第百五十九回の集会が開かれた。会頭はロート・フリードリッヒである。バルマー一等軍医が「参謀演習旅行中の衛生将校の作業」というタイトルで講演をした。おれは客員として「日本陸軍衛生部の組織編成について」を簡略にまとめて講じ、さらには「ヨーロッパ医学がどのようにして日本に入って来たか。また東京大学医学部はどのように組織されているか」についても簡単に述べた。

十一月二十日　贖罪日《しょくざいび》なので病院も閉まっている。

十一月二十二日　日曜。午前中に、ミュラー一等軍医、ヴィルケ三等軍医と「シューマンの酒場」で会う。午後はヴィルケと一等ドロシュケ（辻馬車）を雇って「王立大公園」を遊覧した。寒気が肌を裂くようだったのに、遊覧する人馬で往来は絶え間なかった。

十一月二十三日　夜は雨。ヴィルケとビヤホールに行く。この酒場で女給を勤めているベルタは、法律家のヴィルケの愛人である。でも、ベルタの性格はすこぶる穏やかで、この業界の女性とは思えない。

ヴィルケはかつてベルタのために部屋を借りて、毎月賃貸料を送ろうとの約束を交わそうとした。ところが、ホステスのベルタはこう答えた。「あなたのご厚意は感謝に堪えません。もし結婚できるのであれば、今の職業はすぐにでも辞めます。でも、結婚もできないのに、あなたの家に住み、あなたの食費で生活を営む。このような形で、あなたの愛を受け入れたら、これはただのお妾さんでしょ。ただの飲み屋の卑しき女給ですらなくなるわ。有難いお話だけれど、遠慮しますね」

十一月二十四日　初めて雪が降った。きょうから、ヴィルケ医師に就いてスペイン語を学ぶことにした。

十一月二十五日　ロート軍医監、プロシアのヴァイス海軍副医官の二人と、「アウセンドルフ」という料理店で会った。ヴァイスは昔日本に航海して、いくたびか長崎の港に泊まったと言う。長崎の娼婦の写真を見せた。おれもロートもその美しさを激賞した。でも、よく見ると、容貌は端麗だけれど、卑俗の気配が鼻を突く。とりわけ、口元の薄ら笑いが、男と金に媚び過ぎだ。いたずらにヴァイスに訊いてみた。「いくらだった？」「なに、たったの三十ドルだよ」

十一月二十六日　ふたたび民族学博物館に行った。館長のマイヤーと知り合った。マイヤーは医学士である。しかし、学士を取得した後は、もっぱら博物学と民族学に従事している。昔一度インド方面に赴いたと言う。館内の陳列品は、そのときの収集品が多い。ただマイヤー本人はどうしようもない見栄っ張りである。おれが好まない人間の見本である。

十一月二十七日　夜地学協会に出向いた。ヴァイスの講演を聴いた。朝鮮・支那市街の不浄を説明していたときに、聴衆がみんなおれを振り向いて冷笑した。朝鮮人も、支那人も、日本人も、西欧人にはまるで区別がつかないのだろう。でも、ヴァイスは長崎投錨の段に至っても、長崎をくさす言葉は一言も口にしなかった。もしおれが出席していなければ、日本への罵詈雑言も留まる所を知らなかったのでは。それとも、単に長崎の娼婦への追憶の念からか。

十一月二十八日　夜ロート軍医監の飲み会で「カシノ」（将校集会所）に出向く。帰り道にプロシアのハイルマン軍医正やヴィルケと「中央骨喜店《コーヒー》」に行く。

十一月二十九日　木越大尉がケムニッツからやって来た。早川大尉の家でご飯を炊いて、男三人で食した。

十一月三十日　家から手紙が届いた。篤次郎がボート遊びの面白さなどを書いて来た。木越がケムニッツに帰った。

十二月一日　ドレスデンのガス製造所を見学した。

十二月二日　夜クリーン軍医正の飲み会に行った。夫人と息子のルドルフを見た。

十二月三日　午後一時に病院を出て、エルベ川上流の右岸にある「森の城」で昼食を摂り、ロート軍医監と蒸気船の発着場である「サロッペ」で会い、一緒にドレスデン中央給水所を見学した。エルベ川に近い場所に機関室があった。地底の水を汲み上げていた。その水を丘上まで上らせて、二個の貯水石室に貯める。そのうちの一個は、今は水が入っていないので、その容積全部を見ることができると言う。係の物が「リチウム」を焼いて、照らしてくれた。赤い光が空の石室に満ち満ちた。

十二月五日　寒暖計が零下十五度をさしている。連日、雪だ。エルベ川は上流から氷雪の大きな塊が流れ落ちて来て、川面には黒白の紋が生じている。白い部分は氷雪で、黒い部分が水である。夜ドレスデン医学会に出向いた。某医師の講演を聴いた。その要旨は、自分の実験結果から、子供の腹膜炎には自発性の場合がある、と言うに留まっていた。ネールゼンという軍医学講習会の講師や解剖学のズスドルフやシュテッヒャー軍医正も参列していた。

十二月六日　日曜日。一年志願医のトレンクラーと、「リンケ浴場」で昼食を摂った。この浴場はレストランやコンサートホールの設備もあって、毎週二回舞踏会を開催している。客には軍人が多い。女性は売り子や酒場の女給である。軍人の中には往々にして将校クラスが混じっている。ところが、この将校たちは「リンケ浴場」という、ダンスホールの名称を恥じて、別名を付けては、その名で呼び合っている。いわゆる「商業顧問官の舞踏会」である。これは「商業顧問官」と「祝宴を催す」の単語の発音が似ているので、引っ掛けて作った陰語らしい。どこの国でも体面を重んじるものだ。昼食を終えると、一等ドロシュケ（辻馬車）を雇って、ロシュヴィッツに至った。この村はドレスデンから、さほど遠くはない。村の中心から五百メートルほど北に行くと、シラーが寓居した家がある。壁の上の小板に、「ここはシラーがその友ケーナー方に居候して『ドン・カルロス』の戯曲を書き上げた家である」の数行を記してある。レナルド氏を訊ねた。主人の翁、妻、嫡子のマックス中尉、次男某と顔を見せて、おれを迎えてくれた。コーヒーを飲みながら談話した。フリーダ嬢が現われて、挨拶を交わした。美人である。艶やかさが京人形に似ている。しばらくして親族の少年エミール・フォイグトが来た。中学生である。おれに日本の風俗について質問をしてきた。フリーダの母がおれに呟いた。「フリーダも成長したものね。それでもまだ土偶で一人遊びをしているけれどね。最近、買った土偶よ。ほら、これ」大きさは三四歳の子供くらいもあった。服もすこぶる美しい。母がまた言葉を重ねる。「土偶の衣服は婚礼の儀に従って、純白を用いたのよ。頭上には緑色の環が付いているでしょ。我が娘もね、早くこの純白の衣装を着て欲しいのよ。これが、老母の願いなの」フリーダは顔を赤らめて、母の言葉を遮ろうとしたが、無駄だった。みんなが歯を見せるくらい笑った。そして、笑顔のままで晩餐のテーブルに就いた。お手伝いのアンナも、また美しかった。食後に廊下に出て、エルベ川を望んだ。西の方角に、いくつもの燈火が、水に反映しているのが見えた。これらはドレスデンの街の灯である。夜半に戻った。

十二月七日　勤務後に、ゲーエ工場に出向いた。そこでは蒸気で動かす機械で、すべての丸薬を製造していた。この壮大さにはびっくりした。夜は国立工業大学へ行った。ハーゲンの講演を聴いた。この大学の校舎は、一八七二年から七五年の三年間を掛けて、ハインが建築した建物である。教室の前の廊下を通り過ぎて、石段を上がった。たちまち、目の前が開けて、講堂全体が望めた。広い。目を見張るばかりだ。また、装飾も稀に見る美しさである。ハーゲンの講演は「電気燈の現況」とのタイトルだった。

十二月八日　夜工兵營の「カシノ」（将校集会場）に行って晩餐を摂った。シェーンブロート中尉の招きに応じたものである。

十二月九日　山林学を学ぶ留学生が、タラントの林業単科大学から二人訊ねて来た。夜ヴィルケ医師と「ヘルツォーク・サーカス団」を観に行った。

十二月十日　夜ヘルビッヒの講演を「カシノ」で聴講した。初めて「プドゥレッテ」を見た。いわゆる肥料用の乾燥人糞である。

十二月十一日　午後プラウエンに至り、製粉蒸気工場を見学した。プラウエンはポストプラッツから鉄道馬車で行く。夜は地学協会に出向いた。ロートの講演を聴いた。在アフリカ州のヴォルフ一等軍医の手紙を朗読して、アフリカの近ごろの様子に基づきながら、植民地の未来を論じた。この後、ロートとまた晩餐をした。エンマ・ビールを飲んだ。

十二月十二日　夜ゲーエ財団主催の講演会を「ベーゼン・ホール」で聴いた。講演者はキルヒホフで、そのタイトルは「海外におけるドイツ語の保護地」と名付けられていた。きのうロートが語った内容と大同小異であった。ロートの語りぶりは、着実さが滲み出ていて、少しも飾りがない。キルヒホフは声の抑揚などに技巧を用いていた。夜更けて、キルヒホフ、ロート、エヴェルスたちと「ショプフナー酒場」で会った。

十二月十三日　日曜日。午後五時、婦人会のために衛戍病院の「カシノ」に赴いた。婦人会というのは、ドレスデンに在留の軍医の妻、または婚約者たちで組織されている。数年前から企画はあったが、きょう初めて第一回目の会合を開いた。この会は自分たちの夫はもちろん、未婚の軍医などもみんな引き受けて、世話を焼くのが目的である。テーブルに就いていたロートが立ち上がって、祝辞を読んだ。ちゃんと韻を踏んでいた。参加している婦人たちの中で、最も美しいのは、エヴェルス夫人である。漆黒《しっこく》の髪、処女雪のように真っ白い肌、目が大きく、鼻筋が通ってツンと高い。この人こそあでやかで美しく、「尤物《ゆうぶつ》」という名詞がぴったりであろう。欠点はあごが少し出ていて、三日月を連想させる点だが、美を損なうとまでは言えない。会長はクリーン夫人である。痩せていて、おしゃべりだ。ハーゼ夫人はなまめかしいが、賢そうには見えない。シル夫人は醜くい上に、気が強い。他の夫人は省略する。会が終わると、ニコライ軍医正、バルメル軍医、ヴィルケと、「ゲルマン酒場」に行って、ビールを飲む。夜半になって下宿に帰った。

十二月十四日　夜工学校に行って、テブラーの講演を聴く。聴衆に実験経過を示すのに、幻燈機を使用した。その実験では、管内の水銀の凸面に、クロール化水銀、すなわち塩化第二水銀の水溶液を注いで平面にしていた。また柄が付いている円板を稀酒精に浮かべて、油球の中で回転させ、木星の環に等しい油環を生じさせた。さらに回転が速くなると、木星の衛星に匹敵するような小油球が生じた。前のは重力、後のは分子力だが、両者の動きはよく似ている。終わった後、ヴィルケと「ポーレンダー骨喜店《コーヒー》」に行った。店には先に法学士のズッツレブ、医師のシュッツェンマイスター、弁護士のヴィーサントが来ていた。彼らはおれたちが来るのを待っていた。ビールを飲みながら談笑した。午後九時三十分に下宿に戻った。

十二月十五日　ラーデシュトック三等軍医とトレンクレル三等軍医に誘われて、オストラの並木道に行き、そこのコンサートホールで音楽を聴いた。帰りに「フランスホテル」で飲んだ。このホテルはヴィルスドゥルファー通りに建っている。

十二月十七日　歳の暮れ。他の土地に移動する予定の諸医官が集まって、衛戍病院の「カシノ」（将校集会所）で飲む。

十二月十八日　夜狙撃兵大隊の「カシノ」に行った。ニコライ軍医正の招きに応じたのである。

十二月十九日　シェーンブロート中尉と「アウセンドルフ酒場」で会った。

十二月二十日　夜早川大尉と「アンゲルマン酒場」で会った。

十二月二十三日　午後二時にドレスデンを発って、ライプツィヒに赴いた。フォーゲル夫人の招きに応じたのである。ヴィルケと同行するので、まずペーター通りの「ロシアホテル」に投宿した。夜萩原三圭を天文台通りの自宅に訊ねた。

十二月二十四日　ヴィルケと別行動になった。ヴィルケは自分の父兄の家に向かった。まず匿名でフォーゲル夫人に贈り物をして、午後六時に夫人の家の扉を叩いた。しばらくして扉を開く者が現われた。「ドクトルが来た！」と艶やかな声で叫ばれた。紅衣の少女リースヒェン嬢だった。フォーゲル夫人は厨房から顔を見せて、笑顔で迎えてくれた。そして言う。「きょうの贈り物は誰から贈られたのか誰にも判らなかったけれど、あなたがかつて可愛がってくれた少年、覚えている？　富商の子ワルター。そのワルターだけが「これは森軍医の字だ！」って言い張ったのよ。でも、ワルターは今し方両親の許へ戻ってしまったの。ずっとあなたを待っていたけれどね」井上哲次郎（巽軒）、宮崎道三郎

（津城）、ニーダーミュラー氏、ルチウス嬢と、懐かしい顔がみんな出て来て、おれが約束を守ったことに礼を述べた。ライプツィヒを去るときに、クリスマスになったら、また会いに来ると約束をしていたのだ。それできょうこうなった。ニーダーミュラー氏が、咎めるように言った。「あなたはいつここに着いたの。どこにトランクを預けたの」「昨夕着きました。トランクはロシアホテルです」「顔を見なくなって、二三ヶ月でしょ。どうして私たちに遠慮をするのよ。今夜は必ず我が家の一室に泊まりなさい。きれいに掃除をして、きのうからずっと、あなたが来るのを待っていたのよ」「ごめんなさい。同行者が居るので、ホテルに投宿を決めたのです」郷誠之助を知った。誠之助はハレに居て、経済学を修めている。かつて津城とハイデルベルクで同居をしていた経歴があるので、クリスマスにまた津城を訪ねたのである。快活の青年で、好んでビリヤードで遊ぶ。クリスマスプレゼントの交換が始まった。一部屋に大きなテーブルを置いて、その上に贈り物を並べる。部屋の一端にはクリスマスツリーが建っていて、飾りに金や銀の紙片や色の鮮やかな砂糖菓子を付けている。また枝には、短い蝋燭が数え切れないほど灯してある。家族が集まって贈り物を分配する。フリーダ、オットーの二人の子供が並んで立って、クリスマスキャロルを唱和する。クリスマスプレゼントを分け終える。晩餐の宴が始まる。シュヴァープ夫人もまた参加していた。トリエステの人である。かつておれとはシュライデン夫人の家で見知った。

十二月二十五日　ニーダーミュラーの家に戻った。きょうはニコライとマイの二人と別室で食べた。この後でリースヒェン嬢と廊下ですれ違った。「どうしてきょうは他の部屋でお食事したの。ルチウスもぶつぶつ言っていたわよ」そう言い放つと、逃げるように去って行った。

十二月二十六日　同国人と「パノラマ」に行った。

十二月二十七日　大学の衛生部に出向いた。下男のライヒェンバッハがまだ勤めていた。彼が教えてくれた。「ホフマン先生はニュルンベルクに居て、まだ帰って来ないよ。でもヴュルツェルならばドレスデンに居るさ」と。二十四日の早朝に、おれはホフマン先生の自宅を訪ねているのだが、どうやら出発した後だったようだ。夜井上哲次郎と「アウエルバッハの地下室」という名のレストランに行く。ゲーテの『ファウスト』を訳すのに、漢詩体を当てるのはどうかなどと語り合った。巽軒はついにはおれに漢詩体で訳す作業を押しつける。おれもまた悪戯心で、よしわかったと引き受けた。

十二月二十八日　ヴォール夫人を訪ねる。

十二月二十九日　田中正平がベルリンからやって来た。

十二月三十日　昼食の際、ドレスデンに戻りたいとの意思を伝える。客が帰った後で、ルチウス嬢とリイスヘン嬢がおれを一室に招いて、かわるがわるにこの家で歳を越しなさいと勧める。おれは初め二十六日をもってドレスデンに帰ろうと思っていた。それなのに、早くも八日も長逗留をしてしまった。

今戻らないと、ここに根を張ってしまい、戻る気持ちがなくなる。そう言って、やはり戻るよ、と二人の女性に告げた。女中のエンマやヘドヴィヒに至るまで、別れを惜しまない人は居なかった。ニーダーミュラー氏はルチウス嬢とコーヒーを飲みながら、別離の無常などを語り合い、一等ドロシュケを雇って停車場まで来てくれる。宮崎津城も来て送ってくれる。午後六時十五分にライプツィヒを発って、二時間を経てドレスデンの下宿に戻った。

明治十九年一月一日　零時ぴったりに、おれは大僧院街の「アウセンドルフホテル」に居た。グリューワインの杯を挙げて、みんなで同時に「プロージット・ノイヤール！」（元旦に乾杯！）と叫んだ。同席していた者は、二人のヴィルケ、シェーンブロート尉官、オットー・ライン商人、アウセンドルフ夫人、その親戚のアンナ嬢（渾名《あだな》はビムス＝軽石）の六人であった。一時過ぎに下宿に帰った。午前九時に起きて、コーヒーを嗜《たしな》んだ。遥か海の向こうで、家族が顔を揃えて雑煮膳の箸を取っている姿を想像した。でも、この国では、まだみんな夢の中で、どの家もしーんと静まり返っていた。と言うのも、大晦日の夜は、眠る者がほとんど居ないからだ。午後二時新年を祝うために王宮に赴いた。新年の儀式は、我が国と異なるものではない。ただアルベルト王が終始直立の姿勢で礼を受けたり、礼を行なう者が王の面前わずか二歩の所まで進み出たりするのには恐れ入った。また感心したのは、黄色い羅紗地に緑と白の縁取りを施した「リフレイ」なる制服を着て、濃い紫色の袴を穿いている式部官たちである。階段の西側に並立して、瞬きさえしない様子は、まるで石を刻んだ像のようであった。

八時三十分に、ふたたび王宮に赴いた。いわゆる「アサンブレー」、つまり新年の「儀式」に参列するためである。まず紅い絨毯を敷いてある石段を陟《のぼ》った。階段と廊下の照明はガス灯を使っている。幾つもの華麗なる部屋を通り過ぎた。その中に気になる一室があった。日本と支那の陶器を四方の壁に陳列している部屋だ。またどの部屋も数え切れないほどの蝋燭で室内を明るくしていた。来賓の記章や勲章が、その蝋燭の光を反射して、目に眩しい。また男たちの軍服は五色の色彩が美しく光輝いていて、女官の白衣と互いを際立たせている。女官たちは胸と背の上部を露わにしている。さらに、長い裾が床を払っていて、その様子はクジャクの尾羽のようだ。宮仕えの少年が杖を持って床をとんとんと突きながら歩んで来る。このおふれで、賓客たちは部屋の左右に分かれると、姿勢を正して待った。先導するのは侍従だった。その侍従は昔ながらの白い巻き毛の大きなかつらを被っている。その向こうに、アルベルト王が妃を従えて、お姿を現した。王は白髪頭で、王妃は黒い髪である。王妃はそのまま背後の一室に行って、テーブルの前に坐った。仕官が傍で奉仕する。客は礼を尽くす。王妃は微笑みながら、下顎を動かして、優雅に応える。菓子やコーヒーのもてなしがあった。おれは会釈して帰った。

一月二日　潤三郎から手紙が来た。赤道について記してあった。

一月三日　日曜日。石黒氏の手紙が届いた。「軍陣之事は此一期にて大ていニ被成真の衛生学の事尚御修め相成度希望仕候」と記してあった。「いいかね、軍事を学ぼうとして、多くの日を費やしていけませんよ。君はすべからく衛生学の一科を専修して下さいね」との石黒の口調までが想像できる。誰かが「森は社交ばかりしている」とでも密告したのであろう。

一月四日 ロート軍医監の求めに応じて、一週五時間日本語を教授する約束を交わした。教授は語学の教師らしく(?)、おれがロートの家を訪ねて、そこで行なう。これに預かる者は、マイヤー、ヴィルケ、そしてロートである。

一月五日 日本語の講習会を開く。

一月六日 午後零時三十分、ロートとファブリース伯夫人を訪ねた。夫人は名前をアンナ・フォン・デル・アッセンブルクと言う。ファブリース伯に嫁いで、二男一女を産んだ。男子はみんな騎兵士官になったと言う。夫人は太っていて、背も低いが、話が楽しい。夜グレーフェやヴィルケと、「クナイスト・ビアレストラン」で会った。エアランゲン産のビールを飲んだ。甘美さは他種よりも優れている。

一月七日 家からの手紙が来る。篤次郎が陸軍軍医の募集に応えるか、キミに柏村貞一から縁談の申し込みがあったがどうするか、などが記してあった。「篤次郎は身体が強健ではない。またキミは高等女子に受かったばかりで、四五年は勉学させたい」などとも付記してあったので、どちらも不成立になりそうである。

一月八日　夜地学協会に出向いた。

一月九日　ロートと「シューマン酒場」で会った。

一月十一日　夜ファブリース伯と夫人の招きに応じて、大臣官舎の夜会に赴いた。おれが官舎に辿り着いたのは、午後八時三十分だった。主人夫妻は書斎に出て、客を迎えた。おれはツィーグラー軍医正と部屋に入った。伯が言う。「聞くがね、森君は先ごろの衛生将校会において、ドイツ語で講演をしたと聞いたが、本当か」おれは応えた。「ええ」すると、伯は「拝聴できなかったなあ、残念だ」と言ってくれた。この夜の来客は七百人ほどだった。世間に名前の通っている人が多かった。それで面倒ではあるが、その一端を記録しておく。大臣はフォン・ノツィッツ・ヴァルヴィッツ以下五、六名の顔が見えた。公使はオーストリアのヘルベルト男爵、バイエルンのルートハルト、北米のクヌープなどが居た。陸軍省のトイヒャー、内務省のへーぺ、警視庁のツァプフ、裁判所のマンゴールド、記録局のポッセ、鉄道局のプラニッツなど、みんな世に名の聞こえている人々である。外交官のフリーゼンはかつて本を著して、政府の昔の秘策を暴露しているし、ヴェールマンは世界に名の知れ渡った図書館長である。リプシウスはドレスデンの美術アカデミーを設計建築したし、パウヴェルスが歴史を写した絵画も千年は伝えるべき傑作だろう。スツッドニッツ嬢はうら若き女性だが、一新聞の編集長である。モンツ将軍はまだかくしゃくとしていて、ナポレオン三世の話をした。俳優ではオステンが居た。大きくて立派な体躯である。おれは以前彼が『ウィリアム・テル』を演じた芝居を観た。主人公は民を苦しめる政治を変えようと決意する。そこで自分の命を極めて軽く扱う。このような英雄は、きっとこういう男であろうと思わせる演技であった。女優のフレッセル嬢も居た。おれはかつてこの女優が、ホルタイの書いた『栄誉の月桂冠か乞食の杖か』の中で、アグネスに扮した芝居を観た。アグネスは落第の才子ハインリッヒをなまめかしい瞳で見極める。そして、誉めまくってやる気を出させる。この場面で、おれは思わず涙を落してしまった。母が幼いおれを叱咤激励した昔を思い出して、ハインリッヒと自分を重ねてしまったのだ。アグネス、いやフレッセル嬢は、今夜は純白のドレスを着て、手には紅い花の束を持って参加していた。艶っぽい姿はピカ一であった。しかし、これはもう一人の女優、ディアコモ嬢が美しくないというのではない。ただ李白が桃の白い花の中にわずかに紅色を見つけて感動した逸話に似ている。また今宵の衣装が一番素晴らしかったのは、スエーデンの砲兵大尉であるクロンイェルム伯の夫人である。さて、軍人はルドルフ・シュヴェンゲル、デッケン将官などを初めとして数百人が参加していた。メッテルニヒ公夫人は、たまたまこの地に旅して来ていたのに、訳があって参加できなかった。九時三十分、ザクセン王が近衛の制服を着て会に参加した。近衛騎兵連隊の音楽隊が曲を演奏して迎えた。十時三十分に散会した。

一月十三日　夜王宮の舞踏会に出向いた。会は午後八時半に始まり、夜一時半をもって終わった。来賓は六百人に及んだ。貴賓客としてはザクセン共和国・マイニンゲンの世襲皇子が妻と一緒に来ていた。

またワイマール王国のアレキサンダー公子と、バイエルン王国のシェーンベルクのクレメンス公子も参列していた。さらに外交官の貴人も、数えきれないほど大勢が参加している。狙撃兵連隊の音楽隊が、ポーランドの舞踏曲ポロネーズを演奏して開会した。とりわけ華やかだった二組は、国王と紅衣のマイニンゲン夫人のペア、それとマイニンゲン公子と黄衣を召した王妃のペアである。先頭に立って舞踏を導く役は、マンゴルド＝ラインボルド中尉が務めた。十一時に大広間と閲見室を開いて晩餐をふるまった。閲見室には花卉を飾っていた。珍しい料理は、鮎と牡蠣であった。

一月十五日　地学協会に出向いた。

一月十七日　日曜日。志賀泰山がタラントから来た。志賀は林学を修めている。アガーテ・ベーム嬢を伴って、劇を観る。

一月十八日　夜ヴィルケ、グラウベ、トイヒャー、ブリームヒェンたちと「ポーレンダー」で会った。

一月十九日　ロートが言った。「きょうは、森くん、君の誕生日だ。会を催したいが、時間がない。それで悪いが、明晩八時三十分に我が家に来てくれないか」おれは喜んで受けた。下宿先の主婦が自分で編んだ履《くつ》をくれた。

一月二十日　夜ロートがおれのために誕生日会を自宅で開いてくれた。来賓は二十数名。ロートがおれの手を引っ張って、テーブルの前に行くと、挨拶を行なった。テーブルの上には、贈り物が並んでいた。たとえば蓋付きのビールジョッキ。そこには、「一八八六年一月十九日の記念のために。一等軍医森林太郎に贈るヴィルヘルム・ロート」のドイツ語が刻んであった。また村の女性と牡牛の置物。暦本。クーニッヒ著の「ドイツ文学史」。巻首に一篇の詩を記してあった。

師から日本語を学ぶ
我々はこの言語よりも難しい言葉を知らない
だけど我々は心から
この親切な師に感謝している
願わくは師が故国に戻って、その浜辺に立ったときに
ああこの海の向こうのドイツにも、いい奴らが居たなあと
この書が、師の思い出に繋がってくれれば嬉しい

学士A・B・マイヤー
学士G・ヴィルケ
学士W・ロート

ドレスデンにて　一八八六年一月十九日

詩は軍医監の創作に頼ったようだ。これより、みんなで心地よく杯を交わし、珍しい風味の肴を摘まんだ。楽しさを極めた。別れたのは、十二時三十分ごろである。

一月二十一日　夜ミュラーとエヴェルスの講演を「カシノ」で聴いた。

一月二十二日　中浜東一郎の著書がベルリンから届く。

一月二十六日　ヴィルケ医師の誕生日である。バイロン詩集を一冊贈る。中浜東一郎がベルリンより来訪した。停車場に迎えに行った。中浜が言う。「ベルリンに着いたときは、誰も迎えに来てくれなかったよ。森くん、ありがとう」

「四季ホテル」に投宿させて、一緒に「ヘルマン酒場」に入った。店は城街にある。そこのママさんはベルタと言う。美しいなんてものではない。また、きょうロートがおれに写真を贈って来た。

一月二十七日　中浜と共に劇を観る。その後、ロートがスエーデン人某などと「アウセンドルフ料理店」に居ると聞いて、出向いて会う。

一月二十八日　中浜はライプツィヒに赴く。篤次郎から手紙が届く。家族は母親以下潤三郎までみな無事であると言う。

一月二十九日　夜地学協会の招きに応じて、「日本家屋論」を講演した。今日の講演者は、おれ一人だった。だけど、館内は聴衆でいっぱいになった。どうやら新聞の広告を見てやって来たようだ。エンマという少女が、館内で酒を売りさばいていたが、「たくさん売れたわ」とお礼を言ってきた。タラントの志賀も、またやって来て聴いてくれた。

一月三十一日　日曜日。午前十一時に王宮に赴いた。新任士官たちが揃って、妃とまみえる約束だった。その式次第を記す。新任士官たち一同が、輪になって立ち上がると、妃をお待ちする。妃がお姿を現わす。一人の女官が従って付いて来て、閾《しきい》の辺りに留まる。一人の侍従が名簿を手にして、おれたち一人一人の名を順番に読み上げる。妃は名のあがった人に対して一言二言声を掛けて、それからその相手に右手を伸ばす。おれたちはこの手を取って、甲に接吻をする。夜工兵士官二三人と「ヘルツォーク・サーカス団」を観た。小人が道化役者をこなしていた。コントが百出で、聴衆の爆笑を生んだ。

二月二日　萩原三圭の著書が送られて来た。「きょうは豚児午生《うまを》の誕生日なのです。午生は明治十七年二月午日午時に生まれました。お願いがあります。どうか詩を作って送って下さらないでしょうか。この願いが叶うならば、これ以上の幸いはないと思っています」おれは筆を手に取って、このような詩を創り、郵便で送った。

寄萩原國手賀令息午生君誕辰明治十七年二月午日午時擧一兒呼為午生眞天造嘉祥若此誰復疑吾與乃翁相識久稜々逸気老不衰賢郎又会寄小照龍種早已現嬌姿君不見曰午曰馬乾之象由来健行不敢遅他年展足向何境文耶武耶法耶医応比良驥奔千里能紹其気遂有誰逢此佳辰獻詩句顧我駑劣独自嗤雖然諂諛丈夫媿一語又須存箴規聞説駕御術非一莫忽緊縦得其宜

名医萩原先生のご令息午生君の誕生をお祝いして詩を寄せる。明治十七年二月午《うま》の日午《うま》の時（十二時）に一子を取り挙げる。その名を呼んで午生という。まことに、このように天の与えた幸いには疑いがない。私はお父さんとは長いこと親しくしているが、年老いても脱俗の心は少しも衰えを見せない。またお父さんはいつだったかあなたの写真を送って下さった。その写真を眺めると、あなたには早くも天稟が伺える。ところで、午生君の午は馬に通じ、易で言う乾之象だ。それは昔から足が達者で人に遅れないという意味だ。将来、志をたてて向かおうとするところは文学の方面だろうか、それとも軍人だろうか、あるいは法科か。もし医学の方面に向かうのならば、まさに駿馬が千里を走るという、そのお父さんの気性をそのまま受け継ぐに違いない。この佳き日に自分なんかがお慶びの詩を捧げようとは思いも寄らなかった。わが貧しき才を顧みて、自嘲するばかりだ。しかし、お世辞はたとえ一言でも男子の恥となるので、辛口の教訓を一言申し上げる。聞くところによれば、馬を制御する方法は一つではない。緩急自在の法を心得よ。結果宜しきを得るのである。

後で井上巽軒の詩を手に入れた。このような詩だ。

萩原國手有佳兒。体が馬のように丈夫であるだけではなく、
名命午生蓋得宜。足（頭）もますます健やかとなるであろう。
豈啻康強如健馬。名医萩原先生に佳き子あり、
也當進益速於馳。午生と名づける。けだし、良い名である。

二月三日　篤次郎から手紙が届く。篤次郎もだが、小池正直も賀古鶴所の病気がすこぶる重いと書いて来ていた。賀古は尿閉症で膀胱にメスを入れた。その後、尿道も施術したが、尿道周辺に結織炎を起こした。さらには臀部や下肢にも、床擦れのような腫れものを発した。すこぶる痛いらしい。今はそれらをすべて切り取った。だけど、爾後二三日は人事を便ぜぬくらいらしい。それでも、命に別状はないと思われる。しかし、体は言うまでもなく、心もたいへん衰弱していて、いつもの賀古の元気がない。若い頃の無茶を後悔して、朝から晩まで嘆いているとか。

二月五日　舞台でゲーテの『ファウスト』を演じると言う。出掛けて観劇する。

二月八日　夜ヴィルケたちと、ホラック兄弟が経営する「水窟酒場」に、いや間違えた「氷窟酒場」に

行った。ボーリング同好会の立ち上げ式である。

二月十日　宮中の舞踏会に赴く。宮廷の美女たちの中に、一人旧知の女性にそっくりな人が居た。だけど、人違いだと恥を掻くので、あえて声を掛けなかった。ところが、この女官がおれの側を通り過ぎようとした時である。おれをさっと振り返って、彼女の方から声を掛けて来た。「お忘れになったの」ああ、やはり。やはり顔見知りの女性だった。この女性は野営演習中に出会った、フォン・ビューロー氏の娘で、イイダという名前の姫であった。びっくりした。まったくの奇遇であった。

二月十二日　シューリッツヒ少将の招きに応じて、新街の「カシノ」（将校集会所）の舞踏会に参加した。ポルチウス大佐とヴィーサンド法官、その両者の娘さんと知り合った。ポルチウス嬢は頬がふっくらした女性である。彼女はペンを手に取ると、かつてドレスデンに在留していた日本人の名前を漢字で書いてみせた。確かな漢字で、寸分の間違いもなかった。漢字が書けるなんて、西洋人には珍しい人だ。ヴィーサンド嬢は愛嬌がないが、目鼻立ちのはっきりとした美人で、終始恥ずかしそうに微笑んでいた。唱歌が上手い。「わたくし、最近になって初めて『ファウスト』を読んだの」「えっ、最近ですか」おれはびっくりして、思わず訊いてしまった。「ええ、そうなの。やっと父が読むことを許してくれましたの」確かに、娘の父親にしてみれば、グレートヒェンの生き方が問題だったのだろう。グレートヒェンは、若返ったファーストと恋に落ちる。このため母と兄を失う。はては嬰児殺しの罪に問われる。結果獄死する。どう考えても、幸福な人生とは言えない。父親が自分の娘には読ませたくない、そう思う気持ちも理解不能ではない。新街の「カシノ」にある「バッハ酒場」の二階に行く。会長シューリッヒ少将は、身分の低い生まれだそうだ。でも、戦績の功があって現在の位まで成り上った人だそうだ。

二月十三日　家からの手紙が届く。賀古鶴所の病は大方快方に向かっていると記してあった。

二月十四日　夜エヴェルス一等軍医の宴に赴いた。ロシアのヴァールベルク軍医、ナウンドルフ中佐などが参加していた。エヴェルスの夫人オッティリーは話が上手で、聴いている人の耳を心地よくしてくれる。

二月十五日　夜音楽を「マインホールト堂」で聴いた。この会は舞踊師のイエヴィッツが演奏家オイレの窮状を救おうと開いた音楽会だ。イエヴィッツとは以前からの知り合いだった。それで出掛けたのである。

二月十七日　夜「ペテルスブルクホテル」の舞踏会に行く。ルドルフ嬢が隣のテーブルだった。

二月十八日　夜ヴァールベルクの講演を「カシノ」で聴いた。

二月十九日　午後二時十五分、汽車でドレスデンを発った。ベルリンで開催されるプロシア軍医会に赴くためである。同行者はロート、ヴィルケ、そしてヴァールベルクである。五時半にベルリンに着いて、「莫愁《ばくしゅう》ホテル」に投宿した。ロートの常宿である。軍医雑誌の記者で一等軍医でもあるグルーベと語り合った。その後でプロシアの軍医五六人（この中にはゾンマー一等軍医も入っていた）と、「バウエル喫茶店」で会って、みんなで「ライヒスハレ小劇場」に行った。名称は小劇場と言うが、ライプツィヒの「水晶宮」、ドレスデンの「勝利神堂（ヴィクトリア堂）」のような娯楽センターの類にすぎない。小人を見た。一番小さい者は、背丈が五十センチくらいしかない。英国で生まれたそうだ。それにしても、上流階級の人たちは、この種の興行を楽しんだりはしないようだ。理由は、この雰囲気・この空間である。この種の場所では酔っ払いや売春婦と同席する可能性もある。肩でも触れ合ったら、どんな因縁をつけられるか判ったものではない。この危険度を嫌うのだ。そこへ行くと、おれたちのように外国や、また地方から来た者は、この場所に出入りしても、なんら心配には及ばない。ベルリンに長く在留する日本人に、この劇場の安全性を訊くと、「そうだな、日本で言えば、お祭りのときに、軽業やろくろ首などを見せる見世物小屋の類さ。子どもたちだけでも安全だよ」と答えた。いや、この答えは見当はずれだ。この国の小劇場は、子どもの行く場所ではない。夜十一時ロートたちと「フット料理店」で会った。

二月二十日　公使館に出向いた。小松原英太郎を訪ねたのだが、会えなかった。ラーゲルシュトレーム夫人を訪ねて砲兵街の家に行った。そこで、長井長義に会った。また河本も来たので会えた。この家から水族館に行った。水に棲む生物が、これでもかと言うほど、たくさん集められていた。ロートにくっついて陸軍省に出向いた。コーラー軍医監とケルティング一等軍医の二人に面会した。後者とは以前からの知り合いである。午後五時大集会のために、ウンテル・デン・リンデンの「帝国ホテル」に赴いた。初めてドイツ国の軍医総監兼ウィルヘルム皇太子の侍医を務めるラウアーを見た。白髪頭で、あごひげは生やしていない。のっぽだ。顔も痩せていて、下あごが出ている。その所作はほぼ緒方惟準氏の生き写しである。来客の中での大物としては、バルデレーベン・コッホなどが来ていた。飲酒の間に挨拶がなされた。総監は多くのギリシャの慣用句を引用してしゃべった。ギリシャの慣用句は、その下手くそな挨拶の中では長所のうちだなと人々が噂をした。続いて、ヴァールベルクや米国の医師、某外国軍医などが、挨拶をした。おれの順番が来た。おれは長い間ドイツ国の文物兵制に憧れていたので、今夕の会は日頃の念願の実現でありますと挨拶をした。米国の医師でドイツ語を使える者は、一人も居ない。これに比べれば、上手い挨拶だと言われても、決してお世辞ではないだろう。でも、おれの挨拶も、やはり座客をびっくりさせるほど雄弁だったとは言えなかった。しゃべり終わって、たちまち恥じた。要するに、度胸が足りないのだ。しかし、ミュラー軍医正が立ち上がると、おれの前に来て、大いにおれを賞讃してくれた。そして、みんなに向かって、大声で「この人は自分が教えていた学校の学生だった」と叫んで、得意満面の表情になった。ミュラーは今の東京大学医学部が、まだ東京医学校と言っていた頃に校長を務めていた先生だ。会が終わって、「国際骨喜店《コーヒー》」に行った。大勢の娼婦が厚化粧を施して客を待つ姿が目立った。その中には妖しいほど美しく、おれをどきりとさせる女性が居ないわけでもなかった。でも、その顔に一種の不愉快な表情が浮かぶ。説明し難いのだが、一見してすぐに娼婦だと判ってしまう表情だ。思うに、売春は社会の病である。人類が生まれると同時に、すでに存在していた。しかも、この病は売春禁止法で完治する性格の病気ではない。モンテガッツァ（フィレンツェ大学教授）の「恋愛生理」にはこう書いてある。「売春禁止法は、薬物中毒を恐れて薬屋を閉じたり、交戦を回避して弾薬を棄てたりするようなものである」確かにベルリンに女郎屋はない。だけど、喫茶店は娼婦の巣窟である。はなはだしき娼婦は、街の十字路に立ちんぼして、そこで客を漁って体を売る。このように風俗を乱す行為が、女郎屋に比べて、まともだと言えるのだろうか。

二月二十一日　「プリンツ・フリードリヒ・カール・ホテル」内の「トップフェルズ料理店」で朝食を摂って、公使館に出向いた。小松原と議論になった。三浦良斎のご子息である三宅秀を砲兵街に訪ねた。会えなかった。三浦、榊、加藤、河本、隅川、青山、北里、田中らを「アテネ料理店」に招いてご馳走した。ギリシャ風の料理店である。

二月二十二日　昼食をヒルシュヴァルドの店で買い求めた。ラーゲルシュトレームの家を訪ねて、長井の許嫁であるシューマッハ嬢と話した。この女性は、生まれがアンダーナッハの人で、立ち振る舞いが物静かで優雅、愛すべき女性である。田中と「輦下《れんか》劇場」に行った。たまたまデュマ・フィスの新作で、いわゆる問題劇の『デニス』を演じていた。帰途汽車に乗って、フリードリッヒ通りに行った。ベルリン市内で汽車を利用したのは、これが初めてである。「パウエル骨喜店」で加藤に会って、その夜は加藤の下宿に泊まった。ホテルがはなはだ遠かったためである。

二月二十三日　田中正平を訪ねた。正平がおれに写真とプレールスの本二冊（戯曲と演劇史）をくれた。午後宿泊ホテルに帰った。五時三十分にベルリンを発った。三浦がおれを送ってアンハルター駅まで来てくれた。八時三十分ドレスデンに戻った。

二月二十四日　夜ミュラー一等軍医の宴に出向いた。ミュラーはかつてライプツィヒに居て、ホフマン先生の助手であった。彼の軍装がどれくらい水を弾くか。この実験結果は、衛生学雑誌に掲載されている。同じく招かれた人々の中に、図書館司書のヘーブラー夫婦が居た。ヘーブラーはおれと日本の風俗について論じた。彼の妻は肌が透き通るように白く、たいへんな美人である。この夜はミュラー夫人をテーブルに呼んで、おれはその傍に坐った。

二月二十五日　フライタ―ク著の『祖先録』を田中正平に贈った。先日、プレールスの本をくれたお礼である。贈る本に句を付けた。

荒れ狂う怒濤にもまれながら
小舟にのった仲間は一つの目的地を
めざして漕ぎ行く

戦いの庭にあっては、戦友の心は互いに
かたく結ばれて
生死を賭けて相離れざるがごとく
我らも常に祖国の栄誉を得んとして
もっぱらつとめはげむのみなり
貴き友垣のしるしとして
この書を君に捧ぐ

ベルリンにて　一八八六年二月二十五日
学士　森林太郎

前日の二十一日に、ベルリンで数人の友達と集った。その席上で、北里柴三郎と田中正平が論争した。北里が言い募った。「だいたいが、気に入らないよ。法学部、文学部、理学部の三学部の卒業生は、医学部の卒業生を蔑視しているじゃないか。いったいどうしてなんだ」「うむ、確かに当っている所もあるな。でも、この会に来て、君はなんでそういった文句を言うのだ。もとよりなるほどと頷けるような話ではないだろ」おれは前から田中を知っていた。翌日田中を訪ねた。彼が面と向かって抵抗しなかった所作に礼を述べた。すると、田中はおれに戯曲と演劇史を贈ってくれた。おれはその心を感じた。それで、この贈り物を返したのである。

二月二十七日　きょうで軍人衛生学の講座が閉じられた。これで講習会がすべて終わりとなった。夜ヘッセルバッハ三等軍医の送別会をアウセンドルフの飲み屋で行なった。ヘッセルバッハは顔面の縦横に刀痕を残し、性格も激怒しやすい人物だ。でも、神を信じる心は人一倍で、嘘を厳しく嫌う。この誠実さは、大いに評価すべきだ。いつもおれに「おい、異教徒！」と声を掛ける。「なんでキリスト教に転向しない！」こう言い放って、温かく罵るのだ。

二月二十八日　ツィーグラー軍医正の会に参加する。臨席にグリーマンという女性が坐った。紅い頬が可愛らしく、金髪である。もう一人少女が列席していた。スペイン語が上手い。某の許嫁で、日をおかず南米に渡ると言う。家から手紙が来る。『天山遺稿　全』が活字に組まれたそうだ。亡き友の著者・松田正敬（蔵雄）氏も、地下で喜んでいるだろう。

三月一日　小池正直の手紙が届く。賀古の病は快方に向かっているようだ。

三月二日　夜ヴィルケ弁護士の会に出向く。情婦のベルタ、それにヴィルケ軍医もこの座についていた。ベルタは酌婦という賤業から脱け出して、今は学校に入って勉学に勤しんでいると言う。立派だ。

三月三日　日本語の授業を終える。

三月四日　夜「カシノ」（将校集会所）に行って、何人もの友達と別れを惜しんだ。

三月六日　夜地学協会の招きに応じて、その大会に赴いた。今夜の目玉の講演は、「日本」というタイトルで、講演者はナウマンである。この人は長い間日本に在住していた。そして、旭日章を授かってドイツに帰国したのだが、どうしてか不平不満の塊になっている。きょうは三百人余りの男女の聴衆を前にして、日本の地勢・風俗・政治・技芸を説明した。しかし、この話の最中にも、険悪な言葉が少なからず飛び出した。たとえば、こんなだ。「諸君よ。今や日本は近代化の領域に進もうかという、アジアの小国だ。日本人は自分たちがヨーロッパ人よりも劣っていると気がついて、そこで発奮してなんでも取り込んでやるぞと、がんばっている人種だと思ってはいけない。日本人はヨーロッパ人に差し迫られて、止めることができずに、仕方なく近代化の道を歩んでいるだけなのだ」

また結論をこうまとめた。「これで、日本の情勢の概略を話し終わる。最後に、笑い話を付け足そう。ある日本人が一艘の汽船を購入した。この日本人は近代的な航海術を学んでいるので、意気揚々と買った船に乗り込んで、遠くの海まで航海した。数ヶ月の後、故郷の岸に近づいた。ところが、この時大問題が起きた。この機関士は船を動かす技を学んでいたが、停める術を知らなかったのだ。近海をふらふらと彷徨《さまよ》って、船の燃料がなくなって自然と停泊するのを待つしかなかった。諸君、笑ってはいけない、憐れむべきだ。日本人の技量の多くは、こんなものだ。私は近いうちに、日本人がこんな弊害から脱することを真剣に望む者だがね」

おれはこの談話を聴いて、心の平静が崩れた。すぐに手を挙げて、論破したかった。だけど、これは学会発表ではない。講演だ。聴衆の論駁《ろんばく》を許さない。おれは苛立ちが極まった。すると、ロートがおれの顔色を見て、おれの前までやって来た。「君は面白くないみたいだな。どうしてだ。ぼくから見れば、ナウマンの論は、まったく妥当な意見ではないのか。大いに日本の将来の近代化を願っているではないか」おれが思うには、いったいロートは日本の近代化の度合いを知らない。それで、ナウマンの言をもって、日本はこうだと頷いてしまうのだ。ロートのような有識者でも、やはりこの程度である。言うまでもなく、他の一般人はもっと日本を知らない。おれの不平は益々加算されて、飲んだり食べたりしても、なんの味もしなかった。それもそのはずで、ナウマンがおれの正面に坐っていたのだ。ロートはナウマンの左に坐っていた。まず会長某の挨拶があった。その後で某軍医が立ち上がって、諸国の婦人社会の現況を述べた。ドイツ婦人の幸福を願って、貴婦人万歳と唱えた。びっくりした。恥ずかしくはないのだろうか。仕舞いには、ロートが立ち上がると、遠征の利点を述べてナウマンを賞した。ついで、遠来の客に話が及んだ。この遠来の客とは、おれとロシアのヴァールベルクとを指す。ナウマンが答辞を開陳した。その中で好き勝手な文句をふたたび言い放った。「私は長く東洋に在留したが、仏教には帰依しなかった。なぜか。仏が言うには、女性には心がないと。貴婦人よ、私はこの言葉を信じることができない。私が仏教に染まらなかったのは、この言葉のためである」

　おれはこの駄弁を聞いて、びっくりし、かつまた喜んだ。ナウマンの講演には反駁することはできない。でも、酒席の戯言には言い返せる。今ただ談笑の中に屈していては、今夕の恨みを発散させられない。おれはロートに発言の許可を求めた。ロートはただちに会長に告げて、会長もまた了解した。

おれは立ち上がって、意見を述べた。大意はこうだ。「在席の方々、私が下手なドイツ語で、人々、とりわけ貴婦人のお耳に入れておきたいと思うのは、他でもありません。私は仏教国の人間です。仏教の僧の立場でお話し致しましょう。今ナウマン君の言によれば、仏教の僧は貴婦人方には心がないと思っているとの見解です。そうすると、今ここにいらっしゃる貴婦人方は、私もまたそう考えているとお思いでしょう。私は話さないわけにはいきません。仏とはなんでしょうか。仏とは〈覚者《かくしゃ》〉、つまり人格完成者であり、〈悟り〉を開いた者の呼称です。経典中にも、女性が成仏する例がたくさん挙げられています。つまり、女性もまた〈覚者〉になるわけです。そうなのです、女性の多くも〈覚者〉になる。これでどうして〈仏教では女性に心がないと考えている〉などと言い切れるのでしょうか。貴婦人方よ、私は仏教信者の無実の罪をちょっとばかり雪《そそ》ぎ、私が貴婦人方を尊敬している気持ちが、決してキリスト教徒に劣らないことを証明しようと欲しただけです。お願いです、みなさん。私と一緒にグラスを挙げて、婦人の美しい心のために乾杯しましょう」話がまだ終わらないうちに、エヴェルス一等軍医はその夫人と共に、私の傍にやって来て、こう言った。「わが荊妻《けいさい》が婦人方の総代として、君の発言に礼を述べるよ」と。その他、バーメル一等軍医やヴィルケなど多くの人が、おれの発言を賞讃してくれた。おれはせいせいした。ロートが口元に笑みを浮かべながら囁いた。「いつも最後に持って行くよな！」（如例黠＝いつもずるいぞ！）と。ここで舞踏の余興が始まった。おれは舞踏ができないので、家に帰って眠りについた。後でヴァールベルクや志賀や松本と、この夜の出来事を話し合った。ヴァールベルクが言う。「諸君は森君にお礼を言わなければいけないよ。森君は談笑の時間に、きみたちの故国日本の無実の罪を晴らした。しかもさ、それとなく逆襲までも試みてくれた。まあ逆襲の方はほんのわずかだけれどね。でも、一般人に日本についての他の議論の多くも、このように妄想から産み落とされた嘘偽りが多いと気づかせた。これは欧州のすべての日本事情論を覆したのと同じさ」

三月七日　お昼に早川大尉と「シューマン酒場」で会った。午後三時には別の会、じつはおれの送別会だが、に赴いた。この会はロートが催してくれた。クリーン陸軍病院長夫妻を初めとして、来客の人数は思いのほか多かった。飲食の間に、ロートが自作の詩を朗読した。仲間たちが嗚咽《おえつ》して止まない。おれもまた覚えず涙を流した。ロートは朗読が終わると、言葉を継ぎ足した。「ぼくは君を他のザクセンに来遊した医官と同じだとは思っていない。君は本当に我が良友だ。お願いだから、時には安否を知らせて、ぼくの気持ちを慰めて欲しい」そこで、ペッテンコッファーに宛てた手紙を託された。思うに、紹介状だ。午後九時汽車に乗ってドレスデンを発った。ミュンヘンに赴くのである。おれの留学期間も、あっと言う間に半分が過ぎ去った。しかし、衛生学には、何人もの専門家が存在する。独りホフマンにのみ従っているのは、得策とは思えない。これが、おれがミュンヘンに赴いて、ペッテンコッファーを訪ねようと欲する理由である。送りに来てくれた者は、両ヴィルケ、志賀泰山と松本脩である。志賀、松本はおれと同じ汽車に乗って、タラントに帰った。同行者はロシアの軍医ヴァールベルクであった。これより先に、おれはヴィルケ軍医、及びヴァールベルクと同じ一等ドロシュケ（辻馬車）に乗り込んだ。車内で友情の厚い、薄い、を論じた。そこで、お互いに誓い合った。今からおれたちは兄弟だ。兄弟のようにお互いを思って、お互いを忘れないようにしよう。結果、お互いを親しげに「Ｄｕ」（＝お前）と呼び合う約束を交わした。ヴァールベルクは医者にして詩人でもある。伝奇を好んで創る。その作品の中には、フィンランドの劇場で、観客の喝采を博したものがいくつもある。年齢はまさに五十歳に近いけれども、活発で威勢がよく、まるで少年のようである。いつもフィンランドが故国だと話している。ロシアに属するのを許しがたいと思っているようだ。ヴァールベルクはおれと共にミュンヘンに行って、そこからライプツィヒ、ベルリン、ストックホルムを経て、その故郷であるヘルシンキに帰るのである。

三月八日　夜明けに車窓から風景を望もうとしたが、窓ガラスに凍りついた氷の模様に邪魔されて、外を窺うことはできなかった。そこで、小刀を抜いて、氷を削った。でも見えるのは飛び散る雪ばかりだった。汽車はすでにバイエルンとの国境を越えた。それなのに、この地はドイツの百里にも広がっている平野とは似てもいない。丘陵起伏があり、松柏が鬱々と茂っている。数人の農婦が見えた。紅か緑の布をまとっている。たぶん古の風俗だろう。午前十一時にミュンヘンに到着して、「ドイツ帝ホテル」に投宿した。岩佐新を鐘街に訪ねた。会えなかった。街中を見回すと、仮面をかぶり、奇怪な服装をした男女や、一等、二等のドロシュケがひっきりなしに行き交っていた。思うに、一月七日より今月の九日の「灰の水曜日」に至る間は、いわゆる謝肉祭なのであろう。「カルネ、ワレ」はイタリア語で、「肉よ、さらば」という意味である。おれは日本の盆踊りの賑わいを思った。夜ヴァールベルクと共に、ゲルトナープラッツの劇場に入った。その後で中央会堂に行った。多くの人が仮面をかぶって踊っている。おれもまた天狗のような大鼻の仮面を買うと、それを顔に付けて、その場に臨んだ。一人の少女が、白地に緑色の模様が入っているドレスを着て、黒い仮面をかぶっていた。その少女がおれに「踊って下さいませんか」と声を掛けて来た。おれは応えた。「おれは外国人でね。踊れないのだよ」すると、女は仮面の下で、こう口を開いた。「それならば、一緒に飲みませんか」おれは女を引き連れてテーブルに就き、酒を頼んで、一緒に楽しんだ。帰り道は女を送って、その家の戸前に至った。女が言う。「子どもや伯母さんと、ここに住んでいるの。昼間は冠肉料理店でお酒の給仕をやっているわ。子どもの名前はバベッテと言うの。お願いだから、一度遊びに来てね」おれは「わかった」と応えたけれど、行くつもりはなかった。女の真偽は解らない。いずれにしろ、日本の女性では考えられない振る舞いだ。ホテルに戻って、眠りに就いた。部屋は暖かく、ベッドの蒲団は柔らかかった。さすがに一流ホテルだけのことはある。昨夜の車中の寝苦しさを償って余りあった。

三月九日　到着届けを出すために奔走した。兵部省、軍団司令部、衛戍司令部に出向いた。フォン・ロツベック軍医総監、パハマイル軍医正を訪ねた。ついで大学の衛生部に顔を出した。エンマーリッヒ助教が居た。「先生はご自宅です」それでその自宅を訪ねた。輦轂《れんこく》街にあった。広くて大きい家だが、華麗ではない。ペッテンコッファーはおれを研究室に連れて行った。顔が大きくて、耳もまた大きい。そして、白髪頭の老人である。破れた服を着て、書籍を堆積している机の間に坐る。おれはロートの手紙を見せて、訪ねて来た理由を述べた。ペッテンコッファーは言う。「緒方正規が長いこと私の許に居てね。私は緒方を限りなく愛していたよ。君もまた正規のようにがんばって欲しいな」おれは礼を言って、ホテルに戻った。

三月十日　衛戍病院に出向いた。病院は女神堡《にょしんほう》街とダッハウアー通りとの間の高原に建っていた。長さが四百四十四メートル、広さが百三十四メートル、病人や怪我人を四五百人も収容できる。ミュンヘンの軍人の数は六千七百人ばかりなので、いつでも七・五パーセントもの高比準で彼らを入院させられる。でも、院内は決して清潔とは言えない。ドレスデンの病院に劣る点の一番目である。また医官の服装や言動にも、飽き足らないものがある。医長は軍衣に平服の襟と襟飾りとを着けている。一年壮兵医某が居る。廊下で上官と出くわすと帽子を脱ぐ。パハマイルがおれを連れて、外科室を巡回した。また軍人衛生部にも行った。ポルト軍医正が長である。ポルトは五十ばかりの老人だが、身体はばかでかい。常に口を開いているので、放心の状態かと疑ってしまう。しかし、性理学を好む。かつて兵営各部屋のチフスでの罹患死亡率を調査して、世の中に注意を促した功績がある。現在は応急処置法の実験に従事している。樹枝、電線、ガラス瓶などが、その用を成すのは、すでに世の人が知っているところである。また肉の缶詰を裁断して、様々な用に使ったり、生木の枝を折って、皮を剥ぎ、小刀で軽く削り、包帯の代用品を製造したりしてしまう。菌学室も回覧した。ハンス・ブフナーにここで出会った。夜ミュンヘン医師会の会合に赴いた。ツィームセン、ヴィンケルなどの著名人の顔を見る。医師の某が、水がチフスの原因だとの説を唱えた。ペッテンコッファーが立ち上がって反駁した。その論は痛快を極めていた。後で笑って言う。「私は三十年来同じ説を述べている。世の人は未だに解っていない。これは嘆くべきだろうな」

三月十一日　午前中に、居住地を菊街《すうがい》に選定した。家は大学衛生部に面と向かっている。すこぶる便利である。借家の主人は商売人で、夫妻共に純朴と見える。一女が居る。歳は十四歳。しょっちゅうピアノを弾いている。十一時に衛生部に出向き、ペッテンコッファー先生と学科の件を話し合った。レンクに会った。

三月十二日　先生の手紙を持って、ノイヒール大学評議官を大学本部に訪ねた。夜初めて「宮廷戯園」なる大劇場に行った。その壮麗さは比べる劇場が思いつかない。場内に二千五百人も収容できる。今回の出し物は、劇詩人ジーゲルトの作である。五幕の悲劇で、『クリュタイムネストラ』という。クララ・ツィーグラーが女性主人公に扮して、ブランド嬢がエレクトラに扮した。どちらの演技力も鑑賞する目と心に十分であった。

三月十三日　レンクを訪ねた。

三月十四日　日曜である。ロッベックの家で昼食を摂る。夫人はフランス語を話せる。来客には、アンゲラー外科医、ロートムンド（二世）夫妻、ポルト軍医正、バイエルン国歩兵第二連隊長大佐及び大尉が居た。アンゲラーはかつてヴュルツブルク大学で助教を務めていた。時に我が総監の橋本綱常が学生であった。それでお互いに名を知っていた。おれはロートムンド夫人の左側に腰掛けた。夜初めて「輦下《れんか》戯園」に行った。ヴェーバー一等軍医とヴァールベルクの誘いに乗ったのだ。「輦下戯園」

は「宮廷戯園」の隣に建てられていた。比べると、はなはだ小さい。収容人数はわずかに八百人である。でも、建築の美しさは、隣の「宮廷戯園」に負けてはいない。演ずる出し物は、カルデロンの『怪夫人――魔性の女――』だった。

三月十五日　ヴェーバー、ヴァールベルク一等軍医と一緒に、大学生連合会「バヴァリア」に赴く。その後で、「コロッセウム小劇場」に行った。俳優が歌ったり踊ったりした。卑俗で観るものがなかった。

三月十七日　朝早くに目が覚めた。女中が窓を開けて、雀に餌をやっていた。おれがたまたま戸外を望むと、晴れた日の太陽が目の前のテレジア牧場の緑を照らしていた。牧場の西には、偉人記念会館が建っている。その正面には、バイエルンのシンボル女神であるバヴァリアの像が、半空に屹立していた。また牧場の南はるか遠くには、チロルの山々を望めた。おれはこの家を借りたときに、この美景が見える僥倖を考えなかった。自らの迂闊さに失笑してしまう。きょうは、先生の紹介でフォイトに会った。フォイトもまた白髪頭の人であった。先生と比べると、言動にやや角が立っていた。

三月十八日　午前七時ヴァールベルクがベルリンに行くのを見送った。石黒と石坂の手紙が届いた。石黒は「日本兵食論」のこと、石坂は〈携帯用の外科用具〉をドイツから購入する件である。夜岩佐新を訪ねた。新と速記法を研究し始める約束をしていた。今夜がその初回であった。

三月二十日　再びフォイトを生理学部に訪ねた。その装置を見せてもらう。

三月二十一日　日曜日。岩佐と「サンクトペテルブルク酒場」で昼食を摂る。

三月二十四日　バイエルン国第二歩兵連隊の士官とルイトポルト通りの「ショッテンハンメル酒場」で会う。

三月二十五日　絵描きの原田直二郎をその芸術学校街の住居に訪ねた。直二郎は原田少将の子である。油絵を得意とする。気が合う。

三月二十九日　家から手紙が来る。

四月三日　岩佐と神女堡に行く。神女堡はマックス・ヨーゼフ一世の旧居城である。行くのに、蒸気機関で街中を走る軌道車を用いた。その仕組みは、鉄道の上を走る乗合馬車と同じである。違いは、動かすのに馬力ではなく蒸気を使うところか。それでも、速力はたいしたことがない。堡はアーデルハイド・フォン・サヴォイエンの創築による。草を植えて禽獣を飼う庭園は、フランスのやり方を模している。ゆえに、人は「第二のベルサイユ宮殿」と呼ぶ。大理石の像が多く立ち並んでいる。池沼もあった。水は清澄である。たくさんの魚が泳いでいた。

四月九日　家から手紙が届いた。篤次郎によると、一月十五日の夜に、近所の薬師寺のお堂から出火したそうだ。書籍の一包みなどを篤次郎の友人である若杉喜三郎宅に運び込んだりしたが、幸いなことに実家を延焼する前に鎮火したそうである。また賀古の快方への道のりは一進一退の状況らしい。

四月十二日　ポーランド人のコペルニクと邂逅した。音楽家である。かつてライプツィヒに在住していた。おれと同じくフォーゲル夫人の家で昼食を摂っていた。今はミルラと呼ぶパリの歌手と、心のままに旅をしているそうだ。その狂態は想像に難しくない。

四月十八日　日曜。ベリ・デ・ピノ大佐、ポルト軍医正、ヴェーバー一等軍医などが、おれを訪ねて来た。ポルトとの会話が、ロートの事に及んだ。ポルトが言う。「ロートは他日ドイツ国軍軍医総監になるべき人物である。遅くともフリイドリヒ皇太子殿下が即位する日には、この任官があるだろう。皇太子とロートとは付き合いがはなはだ濃くて、互いを「お前」「貴様」と呼び合ってから長い。だけど、彼の自信から生じる傲慢な振る舞いが鼻につく」おれはその具体例を訊いた。ポルトが応えた。「古来ザクセン国の大学教授の助手は、必ず新学士から採用する。それなのに、ロートが軍医官に任じられて、ザクセンの軍団に入ると、古例に従わずにことごとく自分の部下の軍医を助手に充てている。これでは関係者が議論や検討をする機会もない。ロートは策略を使う。人を欺く。どうしてロートが英雄だなんて言えようか」と。きょうはシュヴァンターラー通りの菜食主義者の料理店で昼食を摂った。菜食主義者は植物のみを人間の本来の食料であると考えている。この店はこういった信念を抱く菜食主義者のために設けられた料理店である。ミュンヘンは世界で著名の栄養学者フォイトの居る土地なのに、それでもこんな妄説を信条とする人たちが居る。まことに不思議ではないか。店内には客が十人も居た。中に女性が二人混じっていた。給仕は女性である。その献立は左記のとおり。

野菜スープ／豌豆粥《えんどうがゆ》／蒸し玉蜀黍《とうもろこし》／卵と干し葡萄のプディング／りんごの砂糖煮／フルーツジュース／りんご酒

野菜料理と言っても、醤油を加えないので、その無味は言うまでもない。医学生たち九人とアンデクス村で遊んだ。ここには昔アンデクス伯爵の住居があった。午前六時に家を出ると、汽車に乗ってシュタルンベルク湖に臨んだ。ここより歩いてアンデクス村に入った。村を通り過ぎて四五分行くと、道端に十字架に掛けられたキリスト像がいくつも建てられていた。村民がカトリック教を深く信奉しているからである。歩くこと三時間、ついにアンデクスの丘に達した。目の前に湖を臨めた。アマー湖と言う。丘の上に寺院が建っていた。住僧にお願いして、宝物として蔵する道具類を見せて戴いた。その後で、院内のビール醸造室で飲んだ。僧の一人にヤーコプという者が居た。醸造室の管長である。体躯が肥大で、動作も鈍い。豚を思わせる。酒を造る者も、またみんな黒い僧衣を身に着けている。おれは思わず笑いが込み上げて来て止まらなくなった。おれも他の客たちも、みんな酔っ払った。帰途、ドロシュケを頼んだ。現れたのは、一等ドロシュケではなかった。両側に梯子形の枠が付いている、いわゆる乾草馬車であった。エンマーリッヒは毛布を纏《まと》って、とんがり帽子を被った。そして、長竿の頭に古靴を結び付けると、これを押し立てながら、車首に坐った。医学生などもみんな大声で歌い出した。もうめちゃくちゃだった。もうめちゃくちゃを尽くして、騒ぎに騒いで帰った。

四月二十六日　弟の篤次郎から手紙が来た。志賀泰山の教授法が過酷で、生徒が憤懣していると書いてあった。それで思った。志賀の性格は、人に対してははなはだ厳格だが、自分に対してははなはだ寛容である。その親族に対しても寛容が過ぎる。かつてドレスデンに来て、おれと夜半まで飲んだ。おれが言った。「遅いから、おれの部屋で寝て行けよ。長椅子がある。毛布もある」すると、泰山が応えた。「おれはベッドでないと、眠れないのだ」と。ついにはホテルに投宿した。この行動は泰山が自分自身に、はなはだ寛容であるという証明にならないか。泰山はすでに結婚をして、二人の子どもが居る。自分の家庭では、必ず洋食を作らせる。割烹にははなはだ詳しい。ゆえに彼は東京市中の西洋料理店に行くたびに、その店の料理のまずさを責める。こんな具合だから、米食などは耐えられないとほざく。もし彼が旅行をしたり、あるいは兵役に服したりしたら、その不便さはいかなる具合だろうか。また泰山は自分の親戚をもてなすが、それがどうにも度が過ぎている。志賀の性格はこんなだ。おれはもとより、勤勉、尚武のスパルタ風の生活を好む。おれは泰山を認めていない。と言っても、おれは一技一芸を持っている人を棄てられない。ただそれだけである。もしこれがベルリンの一友人の手紙で、志賀は時代遅れで云々と書いてあっても、言い過ぎではないかと、志賀を弁護するだろう。また家書には、キミの通学する学校が移転するので、キミを下宿させるか、それとも自宅から通わせるかで、難儀していると記してあった。大母は「キミ一人での下宿では心配だ」と言い張る。

といって、大母と二人で下宿をすれば、月に九円くらいは必要。でも、自宅から通わせるならば、徒歩では辛過ぎる。かの陸奥宗光公のお嬢で、キミの親友でもある清子《さやこ》嬢や、亀井家の八重ちゃんは腕車（人力車）で通うと言う。キミも腕車を使うか。腕車だと、一か月でおよそ三円九十銭かかる。早急にどちらにするかを決めなければ。さて、どうするか。

五月十九日　家から手紙が来る。おれが勧めたとおりに、キミは吉川の腕車で自宅から通学しているそうだ。

五月二十二日　午前中は実験室に居た。エンマーリッヒが姿を見せて、おれに告げた。「きょうこれから、ヘルリーゲルスクロイト村の酒場を借りて、学生が決闘を行なう。どうだ、行ってみないか」面白い。断るわけがない。喜んで誘いにのった。ドイツの学生の多くは、某の学生組合だとか、某の壮年一会だとかを主張して団結しあい、異様な制服を着て、自分たちだけに通じる隠語を吐く。これは中世の騎士道の名残だ。愛すべき心情も少なくはない。だけど、また現実的には多大な弊害もある。たとえば今回の決闘こそが、この弊害の最たるものである。確かに壮年の士が剣を弄《もてあそ》ぶ行為は、もとより許されてはいる。我が国の徳川時代の「敵討」を思い浮かべればいい。しかし、争論の末に、結論を果し合いに委《ゆだ》ねる。法律が許さない結果を出しても、なお自らを是とする。こんなのは憎むべき旧弊ではないのか。言うまでもなく、身体が傷ついても、その傷跡を「名誉の刀傷」などと呼んで粋がるのは愚の骨頂である。これでは「敵討」どころか、我が国の〈ヤクザ者〉と同類だ。そう解っていても、決闘は戦争と同じだ。その廃絶は、言い易いが、行なうのは難しい。ただこれを個人の良心に委ねないで、社団の制裁として認めているのは、ドイツの大学の悪弊と言うべきだろう。哲学者のローゼンクランツが、かつてこれを詳しく論じた。学生がこの論を読まないのは許されない。この日十一時の汽車に乗って、ヘルリーゲルスクロイト村に赴く予定を組んだ。この道すがら、発車駅で一人の老人に出会った。堂々たる体格で、赤ら顔で、鬚が白い。おれに会釈をして話し掛けてくる。「君は日本人ではないのか。失礼だが、君の面構えは一目見て日本人だと判る。だけど、また大いに中央アジアの葱嶺《そうれい》から西の民に似ているところもある。私はヨハネス・ランケと言う。ずっと人類学を研究している。もし君の写真を下されば、こんなに嬉しいことはないのだが」おれは応えた。「あなたのお名前は、私が日本に居た時から存じ上げていました。それどころか、あなたの生理書を好んで読んでおります。おかげで大いに自分の研究の助けになりました。私の写真でよければ、もちろん差し上げます。ただあなたの写真と交換して戴けたら嬉しいのですが」ランケは「もちろん」と言って微笑んだ。別れて、エンマーリッヒと汽車に乗り込んだ。途中で一工場を望んだ。屠場《とじょう》の骨を集めて、膠《にかわ》や肥料を製作する工場だった。汽車がグロースヘッセローエに到着した。さらに、ここで一等ドロシュケ（辻馬車）を雇って、目的の村へ向かって走らせた。左側にイザール川の流れが望める。城が建っていて、川の流れを見下ろしている。彫刻で名を挙げたシュヴァンターラー（ババリア像の作者）の旧居である。今は一人の英国婦人が所有している。城を離れてさほど行かないうちに、ヘルリーゲルスクロイト村に着いた。河畔の小部落で、一軒の酒場が店を構えていた。その店に外科器械、包帯、格闘に用いる武器を用意して、そこからほど近い丘の上に戦場を設けていた。酒場と戦場とに往くには、林の下の小道を通り過ぎないわけにはいかない。この小道には一人の学生が居て、来た者を何者かと問い質す。思うに警察官の闖入を防ぐ目的であろう。そもそもドイツの法律は決闘を厳禁している。しかし、大学生のごときは、決闘で結論を出したがる。その争いを法廷で繰り広げる状況を喜ばない。そこで、警察官はこれを黙許して、実際に決闘を行なう者を罪に問わない。このため、警察官の出現を防ぐと言うのは、主として警察官がたまたま来てしまうのを防ぐだけである。戦場には大学生が十人も群がって立ち並んでいた。その中央に当事者二人が面と向かって立っている。各々に介添人が一人付いていた。当事者二人が、身体に道具を附けている様子も、また奇怪である。決闘の鎧は、名付けて「闘衣」と呼ぶ。その剣は名付けて「闘刀」と呼ぶ。介添人は大きな庇の帽子をかぶり、当事者はその頭を剥き出しにしている。当事者の腹巻は、上は胸にまで及ぶ。介添人は大きな襟飾りを纏っている。でも、当事者はその首に幅の広い革帯を幾重にも巻きつけている。両腕も肩より下は革帯で包み込んで、手には革の手袋を嵌めている。その他、大きな眼鏡で、両目を守っている。その眼鏡は望遠鏡のような筒状になっていて、ガラスを嵌めていない。当事者は逆上して顔を真っ赤に染めている。この状態でこの眼鏡を掛けると、まるで釜中から取り出したばかりの茹でタコのようである。介添人が号令を掛ける。「構え！」の語で刀を交差させ、「撃て！」の語で剣を振り回し、「止め！」の語でやめる。二三度刀を打ち合わすたびに休憩して、刀が屈曲したのを撓《たわ》め直す。この役は当事者の右側に居る者に任されている。介添人は左側に付いている。休憩を除くと、十五分で決闘は終わる。互いに握手をして、和を講ずる。刀ははなはだ鈍い。それでも、瘡《きず》が骨にまで及ぶこともある。きょうは十数組の決闘が行なわれた。思うに、数ヶ月間貯められた決闘状が、すべて果たされたのだろう。決闘の一組を「部」と呼ぶ。一部の瘡を治療する間に、次の部の当事者が道具を身に着ける。このやり方が終日続く。夜また汽車に乗って、ミュンヘンの下宿に帰った。

五月二十五日　榊俶がザルツブルクから来た。精神病院を巡視する途中で、ミュンヘンを通ったのである。土地案内は岩佐に委任して、おれは夜酒場で会話を交わすだけの役目に決めた。

五月二十八日　加藤照正がベルリンから来た。加藤は試験が終わって、学士の称号を受けた。昔三昧橋畔の小幾嬢の家を訪ねた風流な遊び人の匂いはどこにもなく、日中はハインリッヒ・ランケの許に行って小児科の講義を聴き、夜の八時になると「東洋骨喜店《コーヒー》」に出向いて一杯のビールを嗜むのを楽しみにしているそうだ。行ないは温和で、同席すると春風の中に居る心地がする。

五月二十九日　原田、加藤、及び岩佐とアマーリエン通りの「イタリア酒場」に行って、イタリア産の葡萄酒「キャンティ」を飲み、とうもろこしの粥である「ポレンタ」を食した。「ポレンタ」はイタリア人の常食で、我が国の米飯に伯仲する。おれは蕎麦掻きのような食い物だと思った。火を当ててあるので、少し堅くて、味もあまりぱっとしない。

六月六日　日曜。エンマーリッヒとテーガーン湖で遊んだ。午前六時にミュンヘンを出発して、汽車でイザールの流れをグロースヘッセローエの辺りで横切って、ダイゼンホーフェンを過ぎた。ここにはミュンヘンの水道の貯水所がある。シャフトラッハで汽車を乗り換えて、グミュントに着いた。汽車を降りると、たちまち湖畔である。緑の帽子に鳥の羽を挟んだ女性が、楫《かじ》を横にしたまま客を待っている。おれたちはその船に乗った。しばらくするとホテル兼酒場に近い岸に着いた。ここからもっと先の湖上の光景を眺めると、水天一碧というのか、湖水と空とが碧一色に塗り潰されていて、時には丘陵との境まで判らなくする。近い岸では太陽が水に漾《ただ》よい、一幅の書画のようでもある。酒場で昼寝をして、日が暮れてからミュンヘンに帰った。

六月七日　夜ペッテンコッファー先生が、若いおれたちを薔薇園に招いてくれた。一緒にボーリングをした。先生は一代の豊かな経験と人徳を兼ね備えた老人である。にもかかわらず、遊戯を行なう様子は若いおれたちと異なるところがない。東洋人、とりわけ日本人が歳を取ると、自らを偉そうに見せようとふんぞり返る。ペッテンコッファー先生とはえらい違いだ。心の中で感嘆した。

六月十三日　夜加藤、岩佐とマキシミリアン通りの酒場に入った。葡萄酒の杯を挙げた。楽しみを尽して帰った。そして、すぐに寝入ってしまった。

というわけで、じつは翌十四日になって、やっと聴いた。バイエルンの国王が、昨夜ウルム湖で水に溺れて亡くなったと。それで、この日記は十四日に書いている。王はルードヴィヒ二世と呼ばれる。長く精神病を患っていた。昼を嫌い、夜を好んだ。昼間はその部屋を暗くして、天井には星月を模して描かせた。部屋の四方の床には花木を並べて植え、その真ん中に坐りっ放しになる。夜になると、やっと起き上がって、庭をぶらぶらと歩き回る。近頃はワグナーのために音楽堂を建てたいとか、多くの建築物を造る構想を持った。でも、国庫の疲弊を招いたために、国民が許さなかった。すると、精神病を披露して、位を譲ってしまった。一昨日十二日の夜に、王は精神病の専門医であるフォン・グッデンと共に、ホーエンシュヴァンガウ城から、シュタルンベルク湖の東岸にあるベルク城に移られた。昨日十三日の夜に、王はグッデンを引き連れて、湖畔をぶらぶらと歩いた。が、ついに城には、二人とも戻らなかった。みんなが城の周囲を探索した。でも、見つけることができなかった。湖中を探索すると、水底で王とグッデンの屍が発見された。思うに、王が湖に身を投げるや否や、グッデンは王を救おうとして水に飛び込んだのだろう。結果、死を共にしたのではないか。二人の遺体を検死した者が言う。「グッデンは王の襟を強く握り締めて、その身体を水から引っ張り上げようとした。その証拠に、グッデンの屍は手指に傷があり、爪が裂けている。しかし、王の拒む力が強く、王の服だけが医者の手中に残り、王の身体は湖深くに沈んで行った。医者は追って王に辿り着き、水底でやはり王を救い出そうとして、そこで息が切れた。グッデンの顔面には、王に引っ掻かれた傷跡がある」凄惨さも、またはなはだしい。王の精神病が治らないのは、実に悲しむべき事柄ではないか。この王は天子の徳に詩人の才能を兼ね合わせ、その容貌さへ人並みよりも優れていて、人民の敬愛も厚かった。それなのに、西洋の歴史にも例が少ない、こんな死を遂げるとは。グッデンにしても、精神病の医者であるだけではなく、普段から中枢神経系の医学にも熟達しており、世に鳴り響いた著作すら残している。また韻を踏んだ詩を好んで創る。その『狂婦の歌』は人々の話題となって賞讃された。このグッデンの死も、また侍医の職責を重んじた跡が明白で、末永く医者の歴史にその美名を残すに違いない。

六月二十七日　日曜。加藤、岩佐とウルム湖に遊びに出掛けた。国王とグッデンの遺跡である。二人を弔う。船中でペッテンコッファー先生とその令孫に出会う。

七月十二日　家から手紙が届く。篤次郎は本科初めての試験を上々の成績で乗り切ったらしい。先月来、炎熱の気温に苦しんでいたのに、数日前より忽然として冷気が肌を襲った。実験室はきょう仮の炉を開いたので、室内温度がわずかだが摂氏十八度まで上がった。炎涼の変化がこのように激しいのは、近年では稀だと、ミュンヘンの人たちも語り合っている。

七月十五日　画家の長沼守敬が、イタリアのベネチアよりやって来た。おれは早速訊いてみた。「君がイタリアに居たのならば、緒方惟直君のあれこれを知っているのではないか。僕が東京を発つや、すぐに彼の舎弟で、僕の親友の収二郎から、惟直君の墳墓の話を聞いた。僕の足がその地を踏む機会があれば、必ずそこへ出向いて弔いをしようと約束をした。よかったら、惟直君のイタリアでの生活を詳《つまび》らかに話してくれないか」と。長沼が応えた。「知るも知らないもないさ。惟直君の墳墓は、私が領事館の役人たちと話し合って建てたのだよ。その場所はチミテロ・サン・ミキエルだ。墳墓を建てた後、これを日本に報告したのだが、確かな返事は何ももらえなかった。惟直と惟準とは、どんな親戚関係なのだい。墳墓はともかく、困難なのは惟直君の遺児の問題だよ」と。おれはびっくりして、重ねて訊いた。「遺児とは、なんのことだ」長沼が応えた。「惟直君はこの件を日本政府に秘したからな。でもね、実際にはイタリア人の一人の女性と、宗門上も立派な結婚式を挙げたのだよ。そして、一女児を授かった。今その子は母と一緒に暮らしている。惟直君が亡くなって、母と子はわずかばかりの遺産を得た。でも、こんな少額のお金では、すぐに尽きてしまう。今の母子の窮状は見るに忍びないよ。しかもね、その遺された子の面貌が、惟直君にそっくりなのだ」おれは長沼にこの母子の居を訊ねた。長沼が応えた。「家の番号などは覚えていない。ただね、プゴ橋という橋を渡ったら、産婆さんの家がどこかを訊ねてみなよ。その産婆さんの家に、母子は身を寄せている。でもね、君がその貧苦の様を見たら、与える小遣いを軽くするなんて、とてもできないよ、そんな惨状だ」日本人が欧州にやって来て、女性に子を産ませたのは、惟直氏一人ではない。ベルリンにも梅某の子、中村某の子が居る。二人とも顔色は黄色を帯びて、骨格も邦人のようだと言う。梅某の情婦は、おれがベルリンに滞在したときに、一緒に一杯のコーヒーを飲んだ思い出がある。旅の空の憂さ晴らしの末、自分の子を海外に遺すのは、情から言えば、これもまた不思議な事態ではない。ただ養育費すら送らないで、母子を飢餓に直面させるなんて、とんでもなく悲しい。もしおれがその立場だったら、必ずや送金し続ける。ドイツの生活ならば、一児の養育費は、だいたいで一時に二千マルクを手渡せば足りる。留学生のごときが、この財産力すらなくて、他国に醜を遺してはいけない。

七月十八日　長沼と「神女堡」に行く。四月に岩佐と出掛けた、マックス・ヨーゼフ一世の旧居城である。途中で二人の子どもに遭遇した。いわゆる「ジプシー」の子たちである。顔色は赤黒く、眼光が猫のように鋭く光っている。おれが話し掛けた。「君たち、おれたちと一緒に神女堡で遊ばないか」一人の子が答えた。「嫌じゃないよ」それでおれたちは二人の子を伴って歩き始めた。二人の子は、ミュンヘンの喫茶店で、ギターを弾いては小銭をもらっているそうだ。観光客がおれたちを見て、「四人の日本人か」と呟いたり、あるいは「四人のジプシーか」と言い捨てたりした。そして、結局日本人かジプシーかが、判別できなくなって、首を傾げるのだった。おれと長沼は、そんな観光客たちを見ると、顔を見合わせて大笑いをした。神女堡に辿り着いた。ビールと大根を数本買って、木陰に坐ると、飲んだり食べたり話したりした。幾組かのカップルが、目の前の路上を通り過ぎた。でも、どのカップルも、みんなびっくりするらしくて、振り返ってはこの奇妙な組み合わせの四人組を眺めた。日没の頃に、下宿に帰った。

七月二十七日　長沼がミュンヘンを去って、ストラスブールに赴いた。

七月二十八日　品川彌二郎公使、その子供の彌一郎、近衛篤麿公、姉小路公義伯がベルリンより訪れた。「バイエルンホテル」に投宿する。

七月二十九日　朝品川公使を訪ねていっしょに朝食を摂る。公使は見たところやつれていた。しかし、体つきは立派である。話し方ははなはだ謙虚で、性格も尊大なところなどはどこにもない。公使が言う。「アルコールが苦手でね。一滴も喉を通せない。それで、いつもどこでも〈ショコラーデ〉を頼むのだけれどね。大人の付き合いがしづらくてさ」近衛公は身体が豊満で、語気も活発で強く、華族の方だとは思えない豪放磊落さである。姉小路とはかつてライプツィヒで面識があった。家系を聞くと、姉小路は元宮中の小舎人《こどねり》の家であった。このためか、彼の学資は明治天皇から出資されていた。後年公使となるのは、おそらく姉小路だろうと期待されている。彌一郎はボンに留学した。愛すべき少年である。夜公使の一行と「イギリス喫茶店」に行って、音楽を聴いた。公使がおれに訊いた。「麦飯は本当に体にいいのかね？　参議などの貴官は、今みんな麦飯を食べているが」おれは大沢謙二の論を是として、高木兼寛海軍軍医の説を非とする。つまり、麦飯と脚気減少とは無関係だと論じている。同じ軍医だからと言っても、海軍の高木の説には少しも同調しない。いや、立場上、同調できない。「公使。舌が旨いと感じる食べ物が、栄養も豊富で、身体にいいのですよ」公使が応える。「そうか。それで、みんな、しょっちゅう酒を飲むのだな。そこで訊ねるが、バイエルンの民は〈マスクリューグ〉というビールジョッキで、ビールを飲み干すだろ。巨大なビールジョッキだよな。君たちのようにバイエルンに居る日本人も、時にこの巨大なビールジョッキを用いたりするのか」と。おれは近衛公、加藤照正と〈クリューグ〉というジョッキを傾けた。公使の質問には、みんなにやにやと笑っていて、誰も答えない。歓を尽くして下宿に帰った。〈クリューグ〉は、じつは〈マスクリューグ〉とまったく同じで、ビールが一リットルも入る、巨大なジョッキである。

七月三十日　朝公使と姉小路伯を送るために停車場に出向いた。午後近衛公、加藤、岩佐とウルム湖で遊んだ。近衛公は加藤と相撲を取った。その対戦する様子を見て、公は背が低く肥えていて、加藤は背が高く痩せ細っている。この二人の体躯の対照がおかしくて、観ている者はみんな笑った。勝負の結果は、公が加藤の体を掴み、二メートルばかりも投げ飛ばしての勝ちだった。その腕力は想像以上だった。加藤はこの日から数日間も、頭痛に苦しんだ。この後、おれは公とかけっこの競争をした。おれが敗北した。でも、相撲で負けた加藤と違って、頭痛だけは免れた。

七月三十一日　近衛公と彌一郎の二人を送るために停車場に出向いた。

八月五日　長松篤棐《かや》がヴュルツブルクからやって来た。秋琴居士の息子である。植物学を修めている。容姿が美しい。見るからに才能を感じる貴公子である。この日から、おれたちは昼飯の後、加藤、岩佐を加えて、シュヴァントハルター街の「フィンスターヴァルダーの骨喜店《コーヒー》」で、一時間ばかり談話を交わすのが日課となった。店にアンナというウエイトレスが居た。ダッハウの生まれで、はなはだ美とは縁遠い。おれたちはいつもアンナをからかった。アンナは加藤を捕まえて美学士だと称し、岩佐を悪学士と言い、おれを正直学士と呼んだ。加藤は色が白いから美学士で、岩佐は悪戯をするから悪学士、おれは色気がなくまじめ一方だから正直学士なのだそうだ。今や長松が来て美学士の名称は彼が持って行き、憐れむべき加藤は無名学士となってしまった。おれから見れば、加藤は常連客で見慣れている。長松は顧影自憐の美少年である。ダッハウの田舎娘が加藤を棄てて、長松を選ぶのも、また不思議ではない。

八月七日　七時十五分、加藤を送るために停車場に出向いた。夏休みを利用して、スイスに行くのである。家から手紙が届いた。父静男に診てもらいたがる患者が増えたと記してあった。

八月九日　午前七時三十分にミュンヘンを発って、ベルリンに向かった。我が軍医部が購入する機器を検視するためである。レーゲンスブルク、エゲルなどを通ったが、途中麦畑の虫声が絶えず耳を慰め、時に細い流れの石間に浅い水が淀みなく流れるのを見下ろした。またエリカが今は盛りと開くのを見て、過ぎ去った昔の日々、たとえば野営の訓練を行なった日々を思い出した。ライプツィヒを通り過ぎたのは、午後六時頃だった。フォーゲル夫人の家では、今時分に同邦人が集まって、晩餐が始まるのだった。懐かしい。さらに書き残しておきたい思い出もある。レーゲンスブルクで停車している時に、車内から出て、ジョッキ一杯のビールを飲んでいた。このとき、店の女の子がおれを見て微笑んだ。じっと見返すと、ミュンヘンの「イギリス骨喜店《コーヒー》」で、顔を見覚えているウエイトレスだった。名前までは知らないけれど、知らない土地で顔見知りに遭遇するのは嬉しいものだ。午後ベルリンに着いた。カール広場の「トップフェルズホテル」に投宿した。かつて橋本総監が住処にしていたホテルである。

八月十日　商店に買い物に出た。午後、三浦信意や田中正平と語った。井上巽軒が遅れてやって来た。詩文ついて話し合った。この後、みんなで飲み屋に行った。きれいな「ねえちゃん」が居た。なんのことはない、巽軒の手がついていた。騒ぎまくってホテルに戻った。

八月十一日　機器を点検し終わる。手紙を公使館に残して帰る。公使は未だミュンヘンに戻らず。大久保学而《がくじ》が執務を代わって行なっていた。昼食後「パウエル骨喜店《コーヒー》」にいって、毎日の習慣だが、店に置いてあるほとんどの新聞を読みあさった。ホテルに帰ると、三浦信義が来ていて、おれを待っていた。北里柴三郎も遅れてやって来た。三人で学問や大学教育について話し合った。午後八時に別れを告げて、汽車に乗ってミュンヘンに帰った。

八月十三日「府立劇場」でレッシングの作「哲人ナタン」を公演していた。おれは長松篤棐《かや》と観に行った。ポッサルトがナタンに扮していた。このナタンは、じつに人の耳目をびっくりさせる、立派なナタンだった。

八月十四日　長松が帰る。見送るために停車場に行った。

八月十五日　原田直二郎が、その妾宅をラントヴェーア通りに選定した。テレジア牧場に近い。妾名はマリー・フーバー嬢。かつて「ミネルワ骨喜店《コーヒー》」のウエイトレスだった。見た目はそんなによくはない。顔色が悪くて、体は痩せ細っている。また機知もない。両人は今極めてラブラブで、一刻たりとも離れ難いようだ。原田がかつて芸術学校に在学していたときに、ツェツィリア・プファッフという美人が側に居た。エルランゲンの大学教授の令嬢であった。黒い髪と雪のように白い肌が目立ち、目は鋭く、鼻筋も通っていた。英語、フランス語に通じていて、文才も並ではない。父親の著作も、この娘が口述筆記した部分が半分を超えると噂されていた。おれは未だにその人と親しく接してはいない。けれども、かつてその写真を原田の下宿で見た。このときに、写真ながら才気が顔に現れていて、女性としてしっかりしている様子は、訊くまでもなく判るほどであった。この女性が芸術学校に行って、絵画を学んでいたときに、原田と知り合った。つき合いは深く、原田の妻になりたいと願ってからも長い。しかし、原田は心を少しも動かさないようであった。そして、今は違う小娘のために、家を借りた。おれが不思議に思わないわけがない。いったい原田の心はどっちにあるのか。ツェツィリアは良家の子女である。もしこの令嬢と将来を約束すれば、一生の重大事となる。マリイはいわば水商売の女だ。だから、一時の遊び相手と見なすならば、マリーでたくさんだ。だいたいが、ツェツィリアのような才女と婚約するのと、マリーのような頭もなく顔も美人の上に「不」が付くようなねえちゃんと通じるのと、どちらが気持ちよく遊べ、どちらが問題なく別れられるか。しかも、ツェツィリアには資産がある。かつて原田に向かって「一緒にパリに遊学しましょうよ、あなたのためなら、私の全財産を擲《なげう》つわ」と提案してきたと言う。マリーの父母は貧しくて、やつれ切っている。たぶん、マリーと一緒に居れば、将来色々な揉め事や難事から逃れられないだろう。要するに、原田の行動は不思議の一言だ。原田は金品にこだわらない性質で、水のような人である。おれは普段からこの性格を愛している。この性格だからこそ、原田は女の背後にもこだわらないのだろうか。でも、女は人だ。物ではない。情がある。愛がある。おれは今回に限っては、原田のこだわらない性格をはなはだ残念に思う。

八月十八日　夕食後に一杯のコーヒーを楽しもうと、「東洋骨喜店」に入った。すると、近くでおれを呼ぶ者が居た。顔を向けると、ハンガリア人のツィルツァーであった。白人らしく顔面は白いのに、東洋人のように背が低い。でも、美しい髯が顔を覆っている。美術の修行は名前だけで、骨喜店で時間を潰す怠け者である。以前、岩佐とこの店に来た機会に、ツィルツァーに出会った。ツィルツァーがおれたちの名刺を欲しがったので、深くは考えないで与えた。数日後、ミルラというパリ生まれの女性歌手と知り合った。ミルラが岩佐の名前を耳にすると、両目を見開いて叫んだ。「前に一人の白人男と出会ったのよ。イワサと名乗ったわ。私に名刺をくれて、自分は日本人だと言ったの」どういう状況かと訝って、その名刺を見せてもらった。すると、本当に岩佐の名刺だった。おい、岩佐。見てごらんよ。岩佐が名刺を手に取って、首を捻った。「この名刺は拵えてから、まだ日にちが経っていない。これまでに靴職人に与えたのと、ツィルツァーに贈っただけだよ」そして、名刺をひっくり返すと、裏にフランス語で数行の文章が書いてあった。「ツィルツァーはフランス語も達者だった。この名刺は、おれがツィルツァーに与えたものに違いない。あいつはおれの名を濫用している。けしからん。放っておくべきではないな。よし、あいつにお灸を据えてやろう」すぐに、「東洋骨喜店」に出向いて、フランス語の書き込みがある、彼の名刺をウエイトレスに預けた。「ツィルツァーが来たら、こいつを突き返えしてくれ」しかし、ツィルツァーは反省するどころか、岩佐を逆恨みした。それで、むしろ岩佐の方が、もう「東洋骨喜店」には行かないと言い出した。こんな騒動があったのに、さっきツィルツァーの方から、おれの名を呼んだ。そこで、おれは彼の面前まで行って、彼の真意を問い質そうと試みた。ツィルツァーが言う。「君は今一人だな。話したい事がある。ぼくの仲間のテーブルに来てくれないか」おれはほかのテーブルを求めた。でも、店内は骨喜店名物の見かけ倒しの若者でいっぱいで、どのテーブルも空いてはいなかった。おれは気が向かなかった。だいたいが、彼が唇にのせたい話なんて、たいがいの見当がつく。また今すぐに簡単に一段落しないような難しい話でもない。そこで、まあ仕方がなく、彼のテーブルに行って席に着いた。たちまちツィルツァーが口をきいた。「最近、岩佐君から、また名刺をもらった。裏に数行のフランス語が記してあった。ぼくは岩佐君の気持ちが解らない。君はこの件の事情を知っているか。あるいは、自分で推測するのだが、岩佐君はぼくを疑っているのではないか。前にぼくにくれた名刺を、ぼくが濫用したと疑って、この意味不明の名刺をぼくに突き付けたのではないか。もしこの推測が当たっているのならば、あまりにもぼくをばかにしていないか」云々。おれは答えた。「そのフランス語だが、なんて書いてあったのだい」ツィルツァーが答えた。「はっきりとは読めないが、君こっちのテーブルに来ないか、というような誘いの言葉だよ」「そうか。岩佐が君を呼ぶのに、そんな奇抜な行動に出たのか。知らなかったな。おれもその場に居合わせたのにね。まさか、君が岩佐の彼女を自分のテーブルに招くために使ったなんていう悪行はしていないよね。そうだとしたら、もうただびっくりだぜ。君は自己本位に奇怪な解釈をして、かえって自分の墓穴を掘っている」ツィルツァーは何も言わないで帰ってしまった。おれはしばらくその席に留まっていた。そこでテーブルに残っていた連中に、何をやっているのかを訊ねた。一人はハイデルベルクと言って、宿屋の番頭だった。もう一人はベルリンの陶磁器商人だと言った。その他は判らない。宿屋の番頭が口を開いた。「君は大学生連中がやる決闘を見たか」

おれは答えた。「見たよ」「君はきっと決闘なんて嫌いだろう。野蛮だからな。ぼくもまた大いに嫌いだ」おれはことさらに少し声を大きくして答えた。「大学生諸君がやる決闘なんて、所詮子どものお遊びさ。もしそれが大人で、自分の栄誉に関する時は、おれには別の考えがあるけれどね」番頭は呆然として、顔だけをツィルツァーが出て行った方角に向けた。でも、言葉はなにも出なかった。

八月二十日　原田や岩佐と「グリュンヴァルト」という屋外レストランで夕食を摂った。

八月二十六日　初めてソイカに実験場で出会った。ソイカは病理学専攻の男だ。背が低くて、痩せている。八字髯がたいそう長い。鼻の頭が少し紅色だ。近視の眼鏡を掛けている。

八月三十日　細菌学専攻のレーマンが故郷に帰った。スイスのチューリヒである。妹の婚礼に出席するためだ。式が終わったら、ベルリンの自然学者の集会に赴いて、九月の末に戻ると言う。駅まで行って見送った。夜「王国骨喜店《コーヒー》」に出掛けた。一人の日本人に会った。横山又次郎と言う。この地に留学して、古生物学を修めようとがんばっている。痩せこけていて、色の黒い男だ。また洋服を着こなしているのに、日本風に腰を大きく曲げて頭を下げるので、周囲の人々がびっくりしていた。

八月三十一日　原田直二郎がマリーと一緒に、ミッテルヴァルトに赴いた。避暑をしながら、美しい景観を描写すると言う。三浦守治（信竟）がベルリンからやって来た。別後の情について話す。

九月一日　三浦と宮廷醸造所というビールの醸造所を訪ねた。

九月二日　午前十一時から、三浦とシュタルンベルク湖で、舟を浮かべて遊んだ。

望断鵠山城外雲。（鳥も飛ばないような山の上で、ベルク城外に漂う雲を望むと、
詞人何事涙紛々。　詩人のおれはなぜだろうか、涙にむせんでしまう。
艙窓多少綺羅客。　でも、遊覧船の窓は、美しく着飾った観光客で彩られている
不憶波間葬故君。　彼らは思い出さないようだ、湖水の波間に沈んで行った亡き王を）

また、ルートヴィヒⅡ世と侍医のグッデンとを、各々一首の詩にして詠じた。

当年向背駭群臣。（意気盛んな頃の王は、多くの臣下に威信を示したものだ。
末路悽愴泣鬼神。　でもその末路の痛ましさは、鬼神だって涙する。
功業千秋且休問。　彼の王としての功績は幾ばくか。いや、問い質すのはやめよう。
多情偏是愛詩人。　王が多情なのは、ひたすら詩人を愛したからだから。）
路易《ルードヴィヒ》二世。

埋骨烏湖萬頃波。（広々としたウルム湖で、波に沈んだグッデンよ。
烱心高節動人多。　あなたの王への忠愛の心は烈々として、人を深く感動させる。

平生著作足千古。　日頃の著作は、学問の成果をとこしえに伝えるのに十分である。
別有一篇狂婦歌。　しかもこれとは別に詩賦一篇、「狂婦の歌」も人の口に膾炙《かいしゃ》する）
屈顚《グッデン》

レオニで船を下りて、小休憩した。郵便局があった。葉書を長松篤棐に送った。

渺茫烟水接天開。（湖面はどこまでもけむっていて、水平線は天と混じり合っている。

鷗鷺眠辺酔倚臺。水鳥たちは岸辺に眠り、おれは酔って台にもたれかかる。

湖上風光無限好。湖上の風景は限りなくすばらしい。

扁舟憐汝不同來。小舟を浮かべると、君が一緒に来なかった今日を実に残念に思う）

また纜《ともづな》を解いてシュタルンベルクに帰った。舟の中で、日が暮れた。詩を作って、三浦に見せた。

相逢不忍還分手。（会ったのに、また別れるのは、絶ち難い思いだ。

一去従斯路更賒。ひとたびここで別れると、またはるか遠くに離れてしまうから。

日落波間遠巒没。夕日も遠くの山々に落ちたね。

只餘離恨満秋湖。ひたすら離別の涙でこの秋の湖をいっぱいにしよう。

九月三日　三浦がリンダウに向かって出発した。駅まで見送りに行く。三浦は別れに際して、日本に帰国後はおれの実家に母を訪ねると約束してくれた。今夕独り汽車に乗って、シュタルンベルクに行き、当地の最高級ホテルである「バイエルンホテル」に投じた。残暑を避けて、兼ねてから著述しようと思っていた「日本家屋論第二稿」を書くつもりだった。「バイエルンホテル」での、初めての夜だったので、湖畔をぶらぶらと歩いた。岸辺の常夜燈に、夏蟲が数え切れないほど集まって、うるさく飛び回っていた。

九月四日　湖水を望める石段の上で、朝食を摂った。蒸し餅を少し食べ残した。そのはじを摘まんで、雀に投げ遣った。すると、あっという間に、たくさんの雀が集まって来て啄ばんだ。また日の出の景観は、言葉を飲み込むほどに美しかった。舟でレオニに渡り、そこで昼食を摂った。夜の空には雲がかかっていたが、所々で星々が輝いていた。巷は残暑が厳しいと言うのに、当地ははなはだ涼しく気持ちがよかった。

九月五日　此処は汽車の行き来が頻繁で、ミュンヘンの下宿よりも喧《かまびす》しかった。それで、舟に乗ってレオニに渡り、「レオニの客舎」に投じた。湖畔の小さな庭は、栗の樹が木陰を成していて、たいへん気に入った。「チゴイネル」族の一団が居た。熊を連れて来て、避暑の客を慰めていた。この一族は盗みを行なうと言われている。それで、人々は忌み嫌っている。しかし、その衣服などは風流な趣きがあって面白いものだ。日暮れてから、近くを歩いた。岸の辺りは水が透明で、底の砂石が数えられるほどだった。ガストに近い漁師の家は、どれも壁にキリストの絵を描いていた。カトリックのしきたりである。浅瀬に家が建っていた。床はない。婦人が泳ぐ場所だと知る。おもちゃの甲虫でよく動き回るものや、ゴムの糸を付けた毬などを売る翁が居た。一つ、二つを買って、近くに居た子どもにあげた。九時を過ぎるまで、月を眺めて、庭に坐っていた。

九月六日　朝、にわか雨が降った。長松がドラッヒェンフェルスに居て、そこから手紙を寄こした。原田や岩佐たちからの手紙も、また届いた。

九月七日　好天気だった。ロットマンの丘に登る。道に人が一人居た。二人の子どもの手を引いて上がって来る。おれを呼んで言う。君は一等軍医の某君ではないか。ひょっとしたら、バイエルンの参謀本部の幕僚だよね。そうだろ。丘の上に到達した。ホテルがあった。その構えは美を極めていた。碑があった。その碑には、こう記してあった。「絵描きのカール・ロットマンが、以前この丘に登り、『ここは湖上第一の名勝だ！』と叫んだ。ロットマンはハイデルベルクの生まれである。一八五〇年にミュンヘンで亡くなった。彼は一生涯、その力を写景に尽くした」と。碑のそばに小さな公園があった。薔薇の花が今は盛りと咲いていた。

九月八日　曇。冷気が肌に沁みた。でも、またロットマンの丘に登った。ディーフェンバッハの子どもにホテルの前で会った。ディーフェンバッハは絵描きで、いわゆる菜食主義者である。その菜食主義を信じる信念は極めて強く、また髪を切らず、爪も切らない。身には一枚の布を巻き付けているだけである。その子どももまた父親と同様の生活を営んでいる。おれはその子にレモン水をあげようとした。でも、その子は「いらない」と言って飲まなかった。この時、高殿の窓が開かれて、金を打ち鳴らす者が居た。仰ぎ見ると、それがディーフェンバッハであった。子どもは走って、その高殿に帰った。ディーフェンバッハは目が大きく、紅い鬚を生やしている。身こそ痩せているが、衰弱しているようには見えなかった。帰り道に、丘の半腹まで来たときに、しばらくの間ベンチに横になった。対岸のシュタルンベルクの人家を一つずつ数えた。

九月九日　朝雨が降った。家書が届いた。篤次郎がいつものように、家庭や近所の日常を細かに描写してくれていた。

九月十日　晴。天気がいいので、アンマーラントや、その先のアムバッハまで、歩いて行ってみた。

九月十一日　晴。湖の浜辺に坐り込んで、読みたかった本を読んだ。

九月十二日　晴。湖上に舟を浮かべた。アウグスト・カール大尉夫妻、及びその子どものアルベルトと知り合った。夫人は明るい人で、身の丈はおれよりもひときわ高いが、純心な人だと感じた。かつてイタリアで遊んだ経験などもあって、その話がたいへん面白かった。殊に話がベニスに及ぶと、誉めること、誉めること、いつまでも誉め続けた。おれは本で知っている知識について、実際はどうなのかを質問してみた。すると、答えは鮮やかで、あれもこれも事実のようだった。子どものアルベルトは、すっかりおれになついた。おれと目が合うたびに、きゃっきゃっと笑い声をあげながら、母のもとに逃げ帰った。アルベルトは母に「もっとイタリアの話、ねえイタリアの話」とせがんだ。大尉はこの日ミュンヘンに帰ったけれど、妻と子とはまだレオニに留まると言う。二人の宿泊先は、おれと同じガストだった。

九月十三日　晴。「日本家屋論第二稿」は、ほぼ整った。

九月十四日　加藤照麿がミュンヘンに帰るとの知らせが入った。「駁正ナウマン論」の原稿に着手する。この原稿はあとで世間に公表するつもりだが、ちゃんと活字になるかどうかは判らない。リヒャルト・シュタインという子どもが、おれの部屋を訪ねて来た。この子は父母や姉妹と暑を避けてこの地に来ていた。賢いことこの上なく可愛らしい。妹のヘレネもまた愛おしくなるような子どもである。住まいはミュンヘン府マファイ街だそうだ。

九月十五日　風、雨、ともに強く、冷気もはなはだしかった。

九月十六日　雨。アルベルトがその母とミュンヘンに帰った。今後も互いに訪ね合う約束を交わした。住まいはシュヴァンターラー街で、おれの下宿からそれほど遠くはなかった。

九月十七日　晴。きのうの雨で、避暑客の多くが帰ったので、今朝食堂に入ったときは、おれと一人の貴婦人とそのお付きの者の三人だけだった。貴婦人は中尉の妻で貴族であると、人が話すのを耳にしたが、この朝おれに声を掛けて来た。名前をドリス・フォン・ヴェトケといって、住まいはミュンヘン府ゼンドリング門広場にあるそうだ。おれに小説本を数巻貸してくれた。「ミュンヘン府に戻られてから、お返し下さればいいわ」と言う。

九月十八日　曇。ミュンヘン府に帰る。

九月十九日　朝おれがミュンヘン府に戻ったと聞いて、加藤照麿が石川千代松と共に訊ねて来た。いっしょに「コロッセウム」に行った。石川は動物学士である。快活な性格で、どこか田中正平に似ている。

九月二十一日　夜加藤に連れられて、サーカスを観に行った。ベルンハルディーネという十五六歳の少女が出ていた。この少女は技術的にはまだまだだけれども、こびを含んだ姿がなまめかしく、観ているおれを悩ませた。

九月二十三日　ポーランド人のコペルニクとふたたび邂逅した。ライプツィヒ時代に、同じフォーゲル夫人の家で昼食を摂っていた音楽家である。

九月二十四日　加藤と「パノラマ館」に行って、彩色された人形たちを観て歩いた。キリストが磔になっている場面を模した人形も展示されていた。なんのことはない。浅草は観音堂裏の俗称奥山の見世物小屋を思い出した。あそこに並ぶ活人形に比べて、劣るとも勝っているとは思えなかった。一笑して館を出た。

九月二十五日　谷口謙がベルリンに着いたと報じられた。谷口が陸軍から受ける学費は、おれの受領額に比べてすこぶる多いらしい。

九月二十六日　昼食後、シュワアンターレル街を散歩した。アウグスト・カール大尉の住居がある通りだ。すると、はたしてアルベルト少年に邂逅した。

九月二十七日　岩佐新がスイスより帰った。

九月二十八日　岩佐と一緒に加藤の家で夕食を摂った。

九月二十九日　浜田玄達がストラスブールより来た。ヴィンケルに付いて婦人科を修めるのである。浜田はおとなびた人で、我々のような書生っぽい浮ついた態度は、どこにも見られない。

九月三十日　加藤が住居をゼンドリング門大路に遷《うつ》した。新居の窓から外を眺めると、目の前に噴水があって、大量の水を空に向かって勢いよく噴き上げている。また樹の緑が、強い日射しを遮っている。本当に珍しいほど素晴らしい風景である。

十月一日　夜原田直二郎がマリーとコッヘルから戻り、レーマンもベルリンより帰った。

十月二日　朝レーマンを訪ねた。「あさっては実験室を開かないと」と言っていた。ロートからの手紙が届いた。「君の、日本軍医部編成の記、及び患者統計表は、万国軍医事業進歩年報の中に収録した。同書一部と謝金二十七マルクは次の便で送る」云々と記してあった。去年の十一月に、ドレスデン衛戍病院で、衛生将校会が開かれた。この時に、おれは客員として「日本陸軍衛生部の組織編成について」と題して、簡略にまとめて講じた。さらに、「ヨーロッパ医学がどのようにして日本に入って来たか。また東京大学医学部はどのように組織されているか」についても触れた。これらが活字に化けたのである。

十月三日　日曜日。しかも、いわゆる十月祭である。おれの僑居の辺り、つまり薮街《まぐさ》は、人で込み合って身動きが取れないほどだ。祭場はテレジア牧場である。競馬や自転車の競走などの賭けごとも催されていた。このほか様々な遊芸が行なわれ、また珍獣の見世物小屋も掛かっていた。昔神田の火除地で種々の興行が行なわれたが、その様子と違うところはなかった。そうは言っても、神田よりも甚だしく下劣だと思う見世物小屋も出ていた。それは、「人魚でござい」と称して、裸婦人を見せる小屋である。また「河童」の見世物小屋などもあった。ばかばかしい。どうしておれが入るだろうか。競馬開催の時間には、王家一族が全員見物にいらっしゃる。王家一族の馬車が競馬場に入る時、街側の歩道で待ち受けていた人々が、大声で万歳を叫び出した。いや、彼らだけではなかった。両側のどの家も窓を開け放って、王家一族の馬車が見えるや、戸外の人々と同じように万歳を三唱するのだった。王家一族の人々は、左右をゆっくりと顧みて、返礼を行なう。丁寧で上品な様子はたとえようがない。この日、祭場では牛を一頭煮込んでいた。これも十月祭の一興のうちである。

十月四日　河本が来た。一緒に飲み屋の「シュネル」に行った。太陽街にある。女給のケーティ、これがたいへん色っぽい女だった。でも、かつては岩佐の女だった。

十月五日　河本が帰った。

十月六日　井上巽軒が来た。スイス旅行の帰りである。また「シュネル」で飲む。詩歌について、語り合った。

十月七日　夜井上と一緒に劇を観に行く。出し物はモーゼル作の『洒落者』であった。ドイツ軍尉官の日常を模写していた。喜劇である。たいへん面白かった。

十月九日　原田直二郎を訪ねた。彼が制作している「ミッテンヴァルト及びコッヘル」の絵画を観る。近衛老公、岩佐、浜田などの人物画も、途中まで描かれていた。

十月十三日　ヴィルケがザクセンから来た。ヴィルケは今ライプツィヒ病院で、ティールシュの助手になっている。今回は風光明媚なチロルの山岳地帯を観光しようと言うのだ。その途中でミュンヘンに来て、おれを訪ねたものである。夜一緒に「コロッセウム」に出掛けた。軽業を観た。子どもが三人も混じっていた。また木琴の合奏を聴いた。その演奏者の中で、最も幼い者は、三四歳である。こんなちっちゃい子どもたちにも稼がせるのかと、とっても不思議な気がした。確かに日本でも子どもたちが田畑で働くが、それは昼間の話である。

十月十四日　ヴィルケがチロルに去った。

十月十五日　イギリス人が演じる、いわゆる「日本劇」を観た。題目を『ミカド』と言う。サリヴァンの作曲した喜歌劇だが、役名などはみんな中国人風の名前だ。たとえば「ミカド」の息子の名前は「ナンキープー」で、彼が恋する美人の名前は「ユムユム」である。この名を聞けば、後は推して知るべし。それでも、衣飾器物などの小道具は、どれも本物の日本品である。「宮さん、宮さん、お馬の前にひらひらするのはなんじゃいな。とことんやれとんやれな」または「おおさびっくりしゃっくりと」などの歌が挿入されていた。日本人留学生の間で、着物の着付けが本場と変わらない、との評判をとった女優が居た。「ピッティ・シング」という役を演じる、フォースターという名の少女だった。

十月二十一日　ヴィルケが、ふたたびやって来た。チロルからの帰り道である。夜いっしょに「バンベルガーホテル」に行った。劇団「滑稽連」の『ヴェルシュ』と名づけられた出し物を観た。下品でけがらわしいこと、この上なかった。歌姫の中の一人は、かつてカフェで一瞥した淫売婦である。他も推して知るべし。

十月二十二日　ヴィルケが帰った。

十月二十三日　天気のいい日だった。土曜日である。午後、加藤、原田、浜田、岩佐と集まった。加藤の言い出しで、シュタルンベルク湖で遊んだ。以前にも行った飲み屋をレオニ村で訪れた。どこを見ても秋、である。落ち葉が道を覆い、夏の日の人盛りはどこに行ったのかと思わせた。店の女主人が慌てたのか、乱れた頭髪にとんがった簪を刺しながら出て来た。「ドクトル、また来てくれたのね」とおれを迎えて言う。前に来て楽しく過ごした時間が、はたして夢幻ではなかったと悟った。

十月二十八日　レンクに誘われて、府立のコンサートホール「オデオン」に出掛けた。新設の照明、及び換気法の利害を試験した。夜遅くに下宿に帰った。家からの手紙が届いていた。篤次郎の文字に接すると、なぜかほっとする。

十月三十日　飲み屋の「シュネル」の主人が、「聖母教会」の側の家に転居した。長いこと日本人が飲食する店と定まっていたのに、今さら他の場所に転じるなんて、なんとなく不愉快な心持ちが湧いて来た。みんなが女給のケーティとの別れを惜しんだ。でも、おれは岩佐の女だったと知っているので、なんか可笑しかった。

十月三十一日　カール大尉の息子アルベルトや、加藤の家主シャウムベルクの息子オットー、リーゼなどを伴って、「パノプティコン」に行く。「パノプティコン」は蝋人形の見世物館である。どの蝋人形も、帝王、后妃、名士、佳人の某にそっくりに創ってあった。詩人シェッフェルの像などは、かの詩人が目の前に立っている、そんな気持ちにさせられた。

十一月一日　中浜東一郎がライプツィヒからやって来た。「ペッテンコッファー先生の実験場を半分に分けよう」おれがそう言って、二人で使用する約束をした。

十一月三日　在モナコ府の邦人と会った。天長説を祝した。会場を龍動市館にとった。これはシュネルの新しい店である。助教授のシュヴァーガー氏が花卉一瓶を寄贈していた。

十一月七日　諸氏と写真撮影を行なう。天長説の宴の余興である。

十一月九日　夜中浜とイザル湖畔をぶらついた。月の色がまたとない美しさだった。

十一月十三日　丹波敬三がブタペストに行った帰りに、この地に立ち寄った。きょうは土曜日に当たるので、おれたちを誘ってレオニで遊んだ。汽車がシュタルンベルクに到着するや、馬車二両を雇った。そして、湖の周りをぐるりと回る道のりで、レオニに至った。酒を注文して興を尽くし、酔っぱらったので、当地に泊まった。

十一月十四日　朝「レオニホテル」で夢から覚めた。同行者はまだみんな眠っている。おれはコーヒー一杯を嗜み終わると、歩いてロットマン丘の左側の小さな寺院に行った。避暑で来た時には、観ていないからである。右側にはアルプスの山々を望めた。そこに曙光が射し込んで、その美しさは言いようがない。午後、舟を頼んで帰った。諸氏はまだ午後の興を楽しもうと留まった。丹波がおれを送って、波止場まで来てくれた。丹波は舟が遠ざかるのを見ると、ハンカチを振って別れを惜しんでくれた。ところが、足を滑らして、水中に落ちてしまった。幸いにして浅い場所だったので、怪我はしなかった、と思う。

十一月十六日　中沢岩太氏がベルリンよりやって来た。応用化学を修めている。ビリヤードの名手である。

十一月十七日　家からの手紙が届いた。篤次郎がいつものように千住の様子を詳細に伝えてくれた。

十一月十八日　雪が降った。夜中沢と「グリュンヴァルトホテル」で会った。栗を食べた。冬の間は焼き栗が盛んに売り出される。売り手は皆イタリア人である。「栗、召せ。君」の声が街中に響き渡る。

十一月二十一日　カール大尉の家で昼をご馳走になる。夜ヴォルフの飲み屋で一同が会した。原田直二郎の送別会である。愛人のマリーも付いて来た。原田の子どもを孕んでいた。

十一月二十二日　午前七時十五分に、原田を見送るために駅に行った。原田はスイスを経て、イタリアに赴き、フランスより舟に乗り込むと言う。

十一月二十九日　家からの手紙が届く。レーマンがおれに代わって、おれのアルコール、とりわけ「ビールの利尿作用について」の実験結果を形態学、及び生理学会で演じた。大いに諸家の喝采を博した。

十二月四日　三宅秀医科大学学長が、ミュンヘン府に到着した。

十二月六日　三宅がおれたちの実験場を参観に来た。ペッテンコッファー先生と語り合った。

十二月七日　カール大尉を訪ねた。

十二月十二日　三宅を送って、駅に行った。ローマ府に行く心つもりだと言う。

十二月十六日　ミッシェル・レヴィ著『公衆及民間衛生論・全二巻』がパリから送られて来た。この本は、ちょっとした記念の書である。なんとなれば、おれ自身で初めてフランスの医学書を購入したのだから。それゆえに、この旨を記しておく。

十二月十七日　ペッテンコッファー先生に実験室に呼ばれた。おれがちょっと前に書き上げた反ナウマン論についてだと思った。これはナウマンが一流紙の「日刊新聞」に投じた「日本列島の土地と民」についてと、ミュンヘン府人類学会（会長はリューディンガー）で演説した「日本論」に対して、我慢できずに一攻撃を試みた文章である。ナウマンが新聞に発表した文章は、かのドレスデン府地学会で祭日に演じた主旨と大同小異である。彼はこの妄言を、ドイツのいかなる学会においても、好き勝手に言い募っている。しかも、その口舌だけでは足りないと考えたのだろう。ついには、この国の知識階級の間で、一日置かれている「日刊新聞」にまで投稿したのだ。この新聞の価値は、たとえばシェル（先月スイス国チューリッヒ府で歿した諷世嘲俗に名のある文士）が、終焉が近い日まで、この新聞を病床で読ませて聞いていた、とのエピソードからも明らかであろう。ナウマンの言動は、放置できない憎むべき悪意に満ち満ちている。おれは反論を一人の友人に添削させて、これをその友人からペッテンコッファー先生に託しておいた。先生の暇がある時に一覧して戴き、もし先生が「可」と言われたら、この拙文をその友人の友人である「日刊新聞」の編集者ブラウンに、彼から送ってほしいと頼んでおいた。この日その友人がおれをペッテンコッファー先生の実験室に呼んだのだ。彼は一通の手紙を手にして、おれを近くに呼び寄せて言った。「君の反論は先生もすでに読んだよ。君自身でこの原稿とこの手紙を携えて、編集局に行くのがいいと思う。ブラウンもまた君のような不思議な文士と知り合うのを喜ぶと思うよ。僕の手紙は君に隠す必要はない。今から僕が読むから聴いていなさい」と。友人の手紙の大意は、次のごとくである。「森学士は我が衛生学教室の仲間である。貴新聞に記載されたナウマン氏の文章を読んで、それが実際の日本と違うのを気に掛けて、反論一篇を草したものである。森君はドイツで医学及び他の自然学の教育を受けているのみならず、内外の書籍を読みあさり、古今の事跡に通じている。これらは彼の文章に明らかである。ラテンの諺《ことわざ》にないだろうか。論争を断ずる人は、原告被告の双方の言い分を聞けと。君がもしナウマンの文章を掲載して、森君の文章を載せないのならば、それは君が平生口にしている言葉と違う。僕が思うに、この森君のような愛国者を持つ国は、ナウマンの杞憂のごとく転覆や滅亡する憂慮は必要ないのである」彼が手紙を読み終わった。おれは彼の手紙に同意を表して微笑んだ。そして、自分の原稿を取り出すと、彼に今回添削した箇所を示して、彼から最終的な了解を取った。彼は原稿と手紙とをおれに手渡して言った。「ブラウンの許に行きなさい。きみのこの行動は善行である」一方、先生は多くの言葉を言わなかった。でも、その言葉を飾らない数語は、おれの肝に刻み込まれた。おれは二人の好意に礼を述べて、辞して実験室を出ると、シュヴァンターラー街七十一号の編集局に出向いた。ブラウンを見た。ブラウンの名はオットーで、太った老人であった。明るい色の髯が四角い顔にまとわりついている。おれの原稿と目次と友人の手紙を見た。「君が自分でこの原稿を書いたのか」「そうです」「ナウマンは今ミュンヘン府に居る。君は彼と顔見知りか」「かつて顔を見た覚えはあります。でも、その人となりを詳しくは知りません」「ナウマンの文章はわが社の意向に大いに適している。その彼の文章を読んで、内容に反撥している読者が、果たして実際に何人居るだろうか」「自分一人では足りませんか」「うむ。十四日以内だな。君の文章を掲載するとしたら。その時は、君が自分で校正をやってくれるか」「もちろんです」おれは下宿の住所を記した名刺を渡して、再会を約束して帰った。ああ、日本贔屓のロートすら、ナウマンの演説を聞いて、おれがその内容に不服を言うのを理解できなかった。ブラウンは、おれを知らない。おれの原稿を読んだ経験もない。おれを不信に思う気持ちがあっても、まったく不思議ではない。

十二月十八日　午前中に、新聞社から使いの者がやって来た。すでに全文を印刷し終えていた。推し量るに、ブラウンはおれが帰った後で、原稿を読んでみて、不掲載の意を翻したに違いない。おれはただちに校正に及んで返却した。午後一時にペッテンコッファー先生の招宴で、「シュライイヒ料理店」

に赴いた。この宴には、二人の女性が顔を出した。先生の夫人とレンクの奥さんである。おれが坐ったのは、先生の夫人の左側で、レンクの奥さんが正面に相対する席だった。来客には先生の教室の助教授と中浜東一郎が居た。まず先生が立ち上がって挨拶を始めた。「荊妻《けいさい》と私《わたくし》とは、毎年暮れに自分の事業を助けてくれて、私と喜憂を共にしてくれた諸君と会って、粗食を共にするのが楽しみなのです。今年の会はこれとは別に喜ぶべき一事があります。これは諸君の熟知するところです。二人の結婚を祝いましょう。（レンクが妻に片目をつぶってみせた）またもう一つ付け加えたい話があります。今私と喜憂を共にする諸君を見るにつけ、かつて私と喜憂を共にして、今は一緒に研究していない人たちを懐かしく思い出します。たとえば、病理学専攻のソイカや衛生学専攻のヴォルフヒューゲル、また緒方惟直などの諸君がそうです。この会は古いよしみの人たちをなつかしく想い、君たち新しい諸君との交わりを強い絆で結び、共に衛生学のまことの進歩を目指すという目的を忘れないための会です」云々。レンクがおれたちを代表して、先生に応えた。午後三時に散会した。先生が話された「いわゆる喜憂を同じくする者たち」の名前は、おれも知っている。でも、正確に話すならば「喜憂を同じくした者たち」だろう。先生は老いた。先生がコッホとコレラ菌の有無で論争した時には、大きな弓の力を想わせる、あふれるような気力があった。おれはこの人を想い慕ってやって来て、教えを請うた。でも、先生の心中を考えてみると、淋しく暮らしている時に、足音が聞こえて、人が訪ねて来たようなものだったのかも知れない。

十二月十九日　日曜日である。加藤の家で夜会が催された。美少女で歌の上手い者を呼んで歌唱させると言う。行く約束を交わしたのに果たせなかった。浜田が「菊池常三郎軍医がストラスブールに来て手紙を寄こした」と言って来た。三浦がベルリンから手紙を寄こした。「実家に送る物があるならば、すぐに自分の僑居に運び込んでくれ」と書いてあった。手紙を書いて、彼の好意を謝した。

十二月二十日　午前十時、レンク氏がおれたちを連れて、郊外はハイトハウゼンの人工酪製造所に行った。酪の原料は牛脂、牛乳、油、及び塩である。副産物で香脂を造る。香脂とは頭髪や鬚に塗る、芳香のする脂である。また圧搾してマーガリンと分ける。味ははなはだまずい。でも、必ずしも忌み嫌うべき食べ物ではない。北ドイツとイギリスに輸送して、肉体労働者の食卓にあがると言う。塩を混ぜた後、箱の中に半年も寝かせておくと、味が劇的に変わるそうだ。帰り道、中浜と田舎の小さな食堂で昼食を摂った。言うまでもなく、珍しい料理などは出なかった。でも、市内の半価の値段だったので、我ながら卑しいと思うほど食べに食べまくった。それでも、一杯のスープ、ばかでかいステーキ、パンにバターなどは慈養に十二分だ。店を出てマクシミリヤン橋の上からイザールの下流を望んだ。濃霧が枯れ木の林を隠し、深緑の水がその間を流れるさまは、一幅の日本画のようだ。多くの観光客が、寒いのを我慢して、橋の上に突っ立って眺めていた。カール門を通り過ぎた。一人の少女が、背後からおれを呼び止めた。振り向くと、アンナだった。アンナはかつてフィンスターヴァルダーの骨喜店《コーヒー》に居て、日本人を「美学士」とか「悪学士」とか品評した少女だ。おれのことは「正直学士」と呼んで微笑んだりした。「今は「カール門骨喜店《コーヒー》」に居るのよ。暇な時には遊びに来てね」と言う。夜染匠濠にある「鹿号ビール醸造所」に行き、野党であるドイツ社会民主党の演説を聞いた。下宿に帰って、家からの手紙を読んだ。

十二月二十一日　午後三時、レンクがおれたちを率いて、製粉所に行った。壮大さはドレスデン府の工場に劣らない。水力で全機関を運転していた。

十二月二十二日　三宅がイタリアより帰った。「グリュンヴァルトホテル」で会った。三宅の話では「フィレンチェ大学の衛生部にある、自然現象を観測するための装置だけれど、いまだに必ずしもミュンヘンのものと比べても劣ったりはしていなかったよ」と。

十二月二十三日　浜田が訪ねて来た。この日で試験室を閉ざした。

十二月二十四日　カール大尉の家で晩餐をする。クリスマスツリーの蝋燭に火を灯すのを観た。マッチ挟み一個を贈られた。

十二月二十五日　ロートからの手紙が届いた。叙勲の件を述べていた。またおれがかつて十月の半ばに印刷して送った「日本兵食論」の感想も書いてあった。三宅を訪ねた。いっしょにいわゆる「夜電戯園」を観に行く。何と言うことはない。帰天斎正一の手品の類である。

十二月二十六日　三宅が帰った。

十二月二十八日　家からの手紙が届いた。父母、弟妹、みな元気である。

十二月二十九日　「反ナウマン」の文章が新聞に載った。惜しむべきは、冒頭に校正の行き届かない箇所が見つかった。しかし、議論の主旨の部分ではないので、ただ手紙で編集局に言ってやっただけである。これは他日ナウマンの再反撃を受けることを顧慮しての処置である。レエマンが、おれの実験についての講演内容を「医事週報」に載せた。

明治二十年一月一日　加藤、岩佐、中浜及び浜田の四氏と、前日の大晦日の夜から「イギリス骨喜店《コーヒー》」の舞踏会に出て、新年の到来を待ち受けていた。やがて、教会の鐘が鳴り渡って、午前零時を報じた。一瞬会場が静まり返って、それから大歓声があがった。「乾杯だ！」日本人は日本語で、ドイツ人はドイツ語でそう叫ぶと、全員で「プンシュ酒」の盃を挙げて、新年を祝した。二時に下宿に帰って、眠りに就いた。新年の挨拶には、ペッテンコッファー先生、ロッベック軍医総監及びカール大尉の家を回った。横山又次郎が訪ねて来た。この人は相変わらず日本式で通している。

一月二日　ケルティング軍医正が遥かハンブルクから手紙をくれた。昇進して連隊医になったと報せて来た。またこうも付け加えてあった。「このハンブルクの大埠頭に来て、君も隊医となるつもりはないか」と。

一月十一日　きのうときょうの新聞に、ナウマンが長文を書いて、自分への攻撃を仕掛けて来た。もっとも、笑えて来るが、日本顚覆の一段を筆記者の誤記だとして、抹却して欲しいと書いてあった。どうしてそんなに「日本顚覆」の言葉に怯えるのか。おれは「反ナウマン論　第二編」を書いた。先生に簡閲をお願いした。

一月十九日　ロートから手紙が来た。おれの誕生日を祝する手紙である。先生とバイエルン連合銀行に行って、そこの電気燈及び換気装置を見学した。

一月二十一日　ロッベック軍医総監の舞踏会に招かれた。だけど、雑事があって、行かれなかった。

一月二十三日　自転車クラブが舞踏会を中央庁で開催した。おれもまたこの会に招かれた。会場では、アルヌルフ侯爵がおれに話し掛けて来た。さらに「枢密顧問官」の某や「宮廷宝石デザイナー」の女性会長某とテーブルが同じだった。おれもこの方たちと同じように大いに飲んだ。

一月三十日　石黒氏から手紙が届いた。日本では欧化というか、欧風が流行していると記してあった。「鹿鳴館」や「大臣官邸」のパーティーで、婦人が穿くスカートの裾が、よく言えば孔雀みたいに広がっていて、悪く言えばインク壺の形にそっくりだ、という一文が付け足してあった。

一月三十一日　この頃は寒い日と温かい日が移り替わる時期だ。一週間に一度くらいずつ、雪が舞う。でも、降り積もる日は、まったくない。

二月二日　家から手紙が届く。封筒の中に、篤次郎、喜美子、潤三郎の写真が入っていた。

二月十三日　バイエルン国軍医総監の夫人であるアンナの招きに応じて、子ども仮面舞踏会に行った。ローマ法王庁の使いを会場で見掛けた。この人は現今の政治社会で名高い。今年に入ってから、欧州大陸の人々は、開戦の布告が今日あるか明日かと怖れおののいている。東はブルガリア問題で、ロシアとオーストリアの間が穏やかではない。西はフランスが軍備を強化しながら、表向きにはブーランジェ陸軍卿がやたらに平和を説き、その陰でドイツの隙をらんらんと狙っている状態である。それでドイツの国会では、ビスマルクを中心に、平時でも兵隊を増やす政策を唱えた。しかし、ヴィントホルストという反政府党の領袖が、必要なしと反対した。この論争は数日に及び、ついには反政府党が多数を占めた。そこで、ビスマルクはヴィルヘルム帝の詔を議事堂で朗誦して、国会を解散した。これは一月十四日の事件である。この時に、ローマ法皇はビスマルクと気が合う方なので、ローマ教皇庁の国務長官であるヤコビニ長老に手紙を書かせて、ミュンヘン府のピエトロ公使に送り、カトリック教徒のビスマルクの提案に従わせようと謀った。おれが姿を垣間見たローマ法王庁の使いは、この手紙を受け取った公使である。要するに、法皇はビスマルクの手中の一人形にすぎない。つまり、公使はこの人形に使われている、そのまた人形と言うべきか。

二月十九日　軍人舞踏会のために西ホールに出掛けた。

二月二十日　アンナ夫人を訪ねた。

二月二十六日　加藤照麿がウィーンに行くのを見送るために駅に出向いた。みんな、彼が去るのを惜しんだ。これは彼の人柄である。

三月十一日　ヴェーバー一等軍医がおれを誘って、郊外の「ツァッハーケラー醸造所」へ連れて行ってくれた。昔の大学生などは、帝の誕生日の前祝いと称して、ここで騒ぐのである。この醸造所は特種のビール（いわゆる黒ビール）の醸造に評価がある。工場内は観葉植物で飾られていて、一隅に帝王の胸像が置かれている。来客は六百人ばかりも居た。酒席がたけなわになった頃に、一人が立ち上がって、お祝いの言葉を演説した。ヴィルヘルム帝の功績を絶讃する箇所に至っては、外国人でも愛慕の情を抱いて立ち上がり、拍手喝采するのだった。夜半に下宿に帰る。雪が降りしきっていた。

三月十九日　土曜日である。劇を観た。

三月二十五日　横山又次郎とヒルトを訪ねる。この人は巨万の富を積み重ねている。いわゆる東洋贔屓で、好んで日本の骨董書画を集めている。家屋がやはり壮大で立派であることはミュンヘン府の中でも抜きん出ている。見物に訪れる者が、一日に数十人も居るという。おれたちが応接所に入ると、もうすでに五六人の客がいた。男女はちょっと離れて坐っていた。主人がおれたちを案内して様々な部屋を見せてくれた。家屋は三階建てで、階ごとに種類の違う珍しい物が置いてあった。見物人は、みんな驚嘆させられた。日本の刀槍甲冑《とうそうかっちゅう》を壁に飾る道具として使っていた。変わっていると言うべきか。一人の女性客が柄付きの眼鏡を手にしたまま、嬌声を発した。「まあ、お美しい！　観たこともないわ、こんな素晴らしい装飾。天才でないと、こうは飾れないわね」と。「そうかな」とおれは胸の中で呟いた。おれなんかが彼女と同じ物を見ても、これはただお金を掛けているだけだと思う。天才的装飾能力などはどこにも感じない。おれが主人と語ったのは、寸時だけだった。いまだ主人の平生を知らない。推察するに、凡庸の人ではないか。家から手紙が届いた。陸軍軍医学校が落成したと報じて来た。東京高等女学校の舞踏会の様子などは一読して大笑いした。飯島は美しく装い飾った美人を好み、穂積はバンカラに近い服装の醜女を選ぶ、云々。どちらも、女性との交際に長けている者とは言えないな。とりわけ、穂積は自分の好き嫌いに従順で、己に克つことができない輩だ。つまり、わがままなだけだ。まあ彼の好みはちょっと変わっていて面白いけれど。彼に選ばれた婦人は、間違いなく怒る。「この人は私を醜女だと言いながら、なんで寄って来るのよ」彼の誘いに応えて胸をざわつかせても、彼の心は山海万里を隔てて遠いので、いたずらに婦人の心を傷つけてしまうだけである。

緒方収二郎が『佳人の奇遇』を数巻送ってくれる。大いに旅の淋しさを慰めてくれる。

四月二日　横山又次郎と「輦下戯園《れんかぎえん》」で劇を観た。男ども二人だけではあまりに面白みがないので、ファニーという少女を連れて行くことにした。劇はラロンジェの代表作の一つで、一八七八年に書き下ろした『クラウス博士』である。主人公は医者を生業としている。ある晩に息子の妻と孫娘を連れて宴会に赴いた。会がたけなわになった時に、下僕がやって来て、「急病人の出た家があります、すぐに行ってやって下さい」と告げる。「わかった、すぐに出向こう」ところが、連れの嫁が「ジジ、ここに居て下さい」と駄々をこねる。「いや、行かなくては」と主人公は突っぱねる。嫁が言い返す。「孫娘よりも仕事の方が大事なのですか？　この子は医者の妻には決してしないわ」主人公が答える。「頼むから、ジジの話を聞いてくれ。ジジとババが新婚の時だった。ババを連れて夜会に出向いた時に、「貧しい家の者なのですが、娘の病気が重いのです。なんとか来て戴けませんか」と告げる者が居た。若いジジは今席を外すのは新婦だったババの意にそぐわないと恐れて、あえてすぐにはこの要請に応じなかった。宴席が終わった後で、まず新婦のババを自宅に送り、着替えをしないまま、病人の待つ家へ駆けつけた。壁が破れていて、蝋燭の数も少ない暗い部屋で、一人の子どもが蹲《うずくま》っているのを目にした。姉がそばで亡くなっていた。ジジは床に跪《ひざまず》いて、くわしく姉の体を診察した。自分がすぐに駆け付けていれば、命を助けられたかも知れない。こう思ったときに、ジジの夜会服の襟に挟んであった白薔薇が、床の上に落ちた。童が拾って、姉の唇に当てると、「かわいそうな、姉さん」と泣き叫んだ。その子どもの姿と声が、まだ記憶に焼き付いているのだよ！」主人公の医者は話を続ける。「今君たちの言葉に従わないのも、このような苦い過去があるからさ」主人公は言い終わると、こっそりと涙をぬぐった。連れの嫁も、連れの孫娘も、また涙を流していた。「誓いますわ。私たちの子どもは、ジジのような立派なお医者の妻にしますわ」と応えた。主人公は笑って、嫁の髪をそっと撫でつけた。「君は、おバカさんだな」と微笑むと、すぐに席を立って、病人の許に行こうと出入り口に向かって小走りになった。ここで、幕が下りた。このラストシーンで観客は感動に酔い痴れた。喝采がいつまでも鳴り止まなかった。

四月三日　家から手紙が届いた。

四月四日　ペッテンコッファー先生と実験室で話し合った。自分のベルリン行きには、意がある旨を告げた。またミュンヘン府に、成就した実験結果を幾つか託して、出版する手続きを頼んでおいた。『日本住家の民族学的衛生学的研究』や『アニリン蒸気の有毒作用についての実験的研究』である。午後は岩佐とイギリス公苑をぶらぶらした。そして、岩佐の新居に行った。

四月五日　午後、浜田、中浜、岩佐とグロースヘッセルロオヘに行った。両足をイザールの流れで洗った。新鮮な牛乳を一杯飲み干して帰った。

四月九日　軍医学上新著の要項一巻、稿成る。石黒氏に郵送する。

四月十一日　中浜、浜田、岩佐とシュタルンベルク湖に行って、小舟をゆらゆらと浮かべた。

四月十二日　「イタリア国医事新報」が届いた。おれの「兵食論」が掲載されていた。

四月十四日　ペッテンコッファー先生、軍医総監及びカール大尉の方々を訪ねて告別した。ペッテンコッファー先生は、たまたまアウグスブルクに出掛けていて会えなかった。

四月十五日　午前中に中浜と会った。別れを告げた。

万里離家一笈軽。　はるかに故郷を離れてのびやかに学び
郷人相遇若為情。　故国の人にたまたま出会って懐かしい想いにひたる
今朝告別僧都酒。　今朝はお別れにミュンヘンの地ビールを飲み
泣向春風落羽城。　席別の涙を流しながら春風の彼方ベルリンに向かう

自注。民顯府之名。自僧字出。（monacus）有名于麦酒。伯林古語。（perlin）脱落羽毛之義。旧時土人牧牛羊於此。

（自ら注を入れておく。「ミュンヘン」という土地名は「僧侶」が語源であり、ビールの名産地として有名である。「ベルリン」の語源は「抜け落ちる羽毛」の意である。昔は土着の人々が牛や羊を飼う牧場であった）

また別の場所で踊りの師匠某の帳面に漢詩を記した。

踏舞歌應嘱

雕堂平若鏡。
電燈粲放光。
千姫闘嬌艶。
濃抹又淡妝。
須臾玲瓏天楽起。
凌波女伴駕雲郎。
錦靴移歩諧清曲。
双々対舞擬鴛鴦。
中有東海万里客。
黒袍素襟威貌揚。
風流豈譲碧瞳子。
軽擁彼美試飛翔。
金髪掩乱不遑整。
汗透羅衣軟玉香。

きれいなホールは鏡のように滑らかで、
電燈はさんさんと輝いている。
多くの美女たちは、装いの派手やかな者も清楚な者も、
それぞれにその艶姿を競う。
美しい音楽が起こると、
背の高い男と組んで踊る美女の足取りは軽やかで、
飾り立てた靴は清らかに調べにのって動く。
男女相擁して踊る様はあたかも鴛鴦のようである。
中に遥か東方の国から訪れた客が混じり込んでいる。
黒い上着に白い襟を立てて、威厳あふれる顔立ちだ。
その風流はどうして紅毛碧目の人に劣ろうか。
かの美女を抱きながら軽やかに旋回すれば、
美女の黄金の髪はおどろに乱れて整える暇もない。
流れ出る汗は薄い衣を通して、うるわしい香りを漂わせている。

曲罷不忍輙相別。
携手細語興味長。
知否佳人寸眸鋭。
早認日人錦繍腸。
君不見詩譏屢舞不譏舞。
君子亦登踏舞場。

一曲終っても別れるのは忍びず、
手を携えて席に着き語りあえば興の尽きることもない。
君は知っているか。日本人の詩情豊かな心を
早くも認めた佳人の眼差し鋭いことを。
なるほど詩経では舞が過ぎるのを戒めている。しかし、舞そのものを
そしるわけではない。
だから、東洋の君子もまたこうして舞踏場に現れるのだ。

午後六時五十五分汽車がミュンヘン府を発った。

四月十五日 ミュンヘン府を発って、プロシア国ベルリン府に向かった。ロベルト・コッホについて、細菌学を修めたいのである。駅まで来て、おれを送る者は、横山又次郎である。他の人は、おれの出発の時刻を知らない。思うに国内を行ったり来たりするのに、必ず送迎する習慣はもともと無益に属する。こう考えるので、おれは友人知人に知らせなかった。汽車はすでに発った。ところが、車内に奇臭が漂っている。同室の婦人が言う。「これはネズミの死骸の匂いね」座席の下を探したが見つからなかった。おれは言った。「褐炭を焚いた時の匂いに似ていますね」おそらくは車燈に繋がるガス管の割れ目から漏れ出ているに違いない。立って燈火を覆っているガラス鐘の覆いの近くを嗅いでみた。はたして鐘の一面が、もっとも臭かった。駅に着いた時に、車掌に部屋を換えてくれと願い出た。

車掌は空き室がないと言い張って応じなかった。窓を開くと、婦人が寒さに耐えられないと訴える。困った。ニュルンベルクに至って、やっと他室に移れた。しかし、室内は立錐の余地がなかった。一晩中、眠られなかった。

四月十六日 昼時にベルリン府に到着した。「トップフェルズホテル」に投宿した。午後公使館に行って、この地にやって来た理由を述べた。晩は興倉東隆と食堂で会った。興倉は獣医である。「前はアメリカで学んでいた」と語っていた。

四月十七日 谷口謙の下宿を訪ねた。名倉幸作とその下宿を分け合って住んでいた。名倉は知文の子どもで、名倉家は祖父の素朴の時代から「骨つぎの名倉」として有名な家だった。でも、幸作自身は外科医で三等軍医だった。一緒にウンテル・デン・リンデン街に隣接している大公園の「ティーアガルテン」に行って、そこの西南端に設けられている「獣苑」に入り、東に位置する凱旋塔に登った。街を俯瞰すると、四方の人家の煙突からは、煙がもうもうと噴き出ていた。西の獣苑の方角を望むと、鬱蒼とした木樹が新しい葉を出し始めていて、明るい緑色が目立った。まさに春の神が、やって来ようとしていた。

四月十八日 谷口といっしょに、乃木希典、川上操六の両少将をその宿泊ホテルに訪ねた。おれに似ていると言う伊地知大尉も、またその席に加わった。乃木は長身で巨頭、言葉少なく厳格の人である。

川上は痩せているが、淡々としていて、話好きの人である。おれたちと語り合うこと二時間余りにも及び、彼らが軍医部の事情にも深く通じていたのでびっくりした。「橋本は医者としての技術に巧みなだけである。石黒は敏捷な男で使い勝手がいい。緒方はばか正直な男で、自分では何も決められない」云々。またこうも話していた。「もし赤十字同盟国が、開戦の布告をした時は、日本軍医もまたその力を貸さないわけにはいかない。この件にあたって、適宜働く者は誰だろうか。私は君たちのような若者を数十人は欲しいと願っている」云々。この日、下宿を決めた。ベルリン市マリーエン通り三十二番地、シュテルン夫人方、である。

四月十九日　会計監督の野田豁通《ひろみち》を訪ねた。晩に隅川宗雄と谷口の家で会った。

四月二十日　北里柴三郎がおれを誘って、コッホに会わせてくれた。研究の指導を仰いで、いわゆる「従学の約」を結んだ。「コンチネンタル骨喜店《コーヒー》」に行った。南米の人、ペーニャ・イ・フェルナンデスと邂逅した。ドレスデン府で交遊のあった一人である。彼もコッホの許で学んでいた。

四月二十一日　亀井の殿（茲監）の息子である茲明を訪ねた。楠秀太郎と知り合った。亀井茲明は痩せこけていて、顔色も青く、相手をぞっとさせる容貌である。亀井の家人が、茲明に送って寄越したパジャマを引っ張り出して、おれに下さる。おれは訊いてみた。「こちらに来て、もういい先生と出会いましたか」「まだだ」「得たいと思っておられるのですか」「わからん」「ヨーロッパにいらしたのは、どうしてですか」「美学を修めたくてね」「僕が知っているドイツ人で、ミュラーという者がいます。橋本綱常陸軍省医務局長が使っていた文章家です。ドイツ語の先生に適任ですよ。よろしければ、このドイツ人を訪ねさせましょうか」おれはパジャマのお礼を述べて帰った。午後、武島務を訪ねた。武島は三等軍医である。

四月二十二日　青山胤通《たねみち》を訪ねた。亀井茲明が訪ねて来られた。ミュラーに語学を教わりたいとのことだった。

四月二十三日　ミュラーを訪ねた。その後で、亀井茲明の家に出向いて、語学の事を相談して欲しいと伝えた。

四月二十四日　ミュラーが来た。彼が言う。「今朝、亀井茲明の家に行ったが留守だった。私は老いているので、何度も行くのを望まない。願わくは、君が亀井茲明を連れて、私の家を訪ねてくれないか」と。「了解しました」とおれは答えた。ロート氏の年報材料の原稿ができあがった。これをロート氏に送る。

四月二十五日　警察署に行って、ベルリン府に滞在すると述べた。山根大尉と語った。石黒氏からの手紙が届いた。夜武島の誕生会の祝宴に出向く。

四月二十六日　隅川宗雄が来た。「イタリア料理店」に出掛けて晩餐をする。隅川は当今ベルリンに居る日本人の医学生の中で、もっとも学問への志が強い者ではないか。

四月二十七日　家書が届く。おれが「ナウマンを論破した愉快さ」とか、篤次郎自身が「菊五郎や伊勢三郎の声音をまねして拍手喝采された愉快さ」などが記してあった。

四月二十九日　島田を訪ねた。小倉少年、妻木頼黄、加治為也なども居た。小倉は自ら政治学を修めたいと称する少年である。妻木は建築家、加治は絵描きである。

四月三十日　夜隅川の家で、日本料理を食す。

五月一日　野田豁通《ひろみち》を訪ねたが会えず。

五月二日　細菌学の月会が始まった。婦人科専攻のフランクと、去年肺炎球菌を発見したフランケルが講師だった。この日、レンクに大学衛生部で会う。レンクは前にペッテンコッファー先生の助手を務めていた。現在はヴォルフヒューゲルに代わって、衛生官庁内で一番目の地位を占めている。

五月六日　石坂からの手紙が届いた。

五月七日　青山と佐藤（三吉）の二氏が帰途につくのを送ろうと思って、「クレッテ」という料理店で会った。

五月八日（日曜）午後ルイーゼン通りをぶらぶらと歩く。たまたまロートが車に乗り込むのを見掛けた。なんだ、ベルリンに居たのか。日暮れに谷口とロートをその宿泊先に訪ねた。年報の件を話した。

五月十二日　石黒忠悳が渡来するとの密報が来る。道でゴレビーフスキと会う。元はザクセンの軍医である。軽佻浮薄のために職を失った。今はベルリンで開業している。

五月十三日　青山を送ってフレデリク街の駅に至った。

五月十四日　家からの手紙が届いた。父静男の朱罫巻紙と篤次郎の『孛源氏陸奥日記』を書いた朱罫巻紙が入っていた。

五月二十四日　コッホ先生が我々講習生を連れて、シュトララウ村に出向いた。水道の源を観察した。おれは北里や隅川と行動を共にした。帰途ルンメルスブルクに行った。この地は小さな湖を見下ろせる。風景が素晴らしい。グループで騒いでいる連中が居た。男女半々の割合である。目隠しをして人を捕まえる「迷蔵の戯」で遊んでいた。男女ともに、誰彼なく抱きついては、歓声をあげる。傍若無人である。おれたちはただ唖然としてしまった。

五月二十五日　夜細菌学の講習生たちが相談して、フランクとフランケルの二講師を「ミュンヘン料理店」に招いてもてなした。

五月二十七日　細菌学の月会が今月で終わった。コッホ先生が衛生試験所に入った。

五月二十八日（土曜日）　午後加治と「クレップス骨喜《コーヒー》店」に行った。店内には美人が多かった。みんな売春婦だと言う。その中の一人がロシア人作家ツルゲーネフの小説を読んでいた。珍しい売春婦だ。

五月二十九日　初めて「大和会」に参加した。「大和会」は在独日本人の親睦会である。小松原英太郎などが幹事を務めている。毎月最後の日曜日に会を開く。ビールを飲み、新聞を読んで、ぶらぶらと歩き回るだけである。福島安正大尉もこの頃この会に参加していると聞いていたが、確かに今夜もここに来ていた。福島は公使館付きの士官で、在ドイツ陸軍留学生取締の命令を受けている。おれもまた取り締まられる一人である。

五月三十日　家からの手紙を読む。この間の「反ナウマン論」を小池が「日本の実事」と題して、日本語に訳した。その文章が「東京日々新聞」に掲載されたとかで、記事の切り抜きが同封されていた。

五月三十一日　コッホ先生から実験の題目を授かる。夜乃木、川上両少将の家に会す。小松宮彰仁親王をはじめとして、ベルリンに滞在している武官がことごとく集まった。ビールや葡萄酒や茶や菓子などのもてなしがあった。これから毎月第二日曜日をこの会にあてようとの約束が成立した。

六月一日　南部の人ならば、夢にも思わない長日短夜の時節がやって来た。貧婦は窓に寄り添って、太陽の温かみを受けながら衣を縫い、灯油を省けるのを嬉しがる。酔客たちは午後に料理屋を出ると、街頭の竿燈を見て、無用の長物だ、税金の無駄使いだと、口々に罵るのもおかしい。この頃のおれは、もっぱら細菌学に没頭している。先生の講義に出席すると、北里、隅川の二氏と会う。そこで、彼らと毎週一二回郊外で遊んだ。今のおれには、これより他に楽しみがない。

六月四日　北里、隅川の両氏と「鉱泉」という場所の一私苑に行く。この日は曇天で、まだ冷気が身体に染みる。このためか、遊びに来ている人がたいへん少なかった。

六月七日　夜隅川の家で日本食をご馳走になる。

六月十二日（日曜日）　川上、乃木の両少将の家に、武官が集まる。

六月十五日　下宿を衛生部の近くの僧房街（Klosterstrasse）に転じた。（No97 I bei A. Kaeding : Berlin C.）ここに移ったのには様々の理由がある。表向きには衛生部が近いからである。でも、この理由は必ずしも主たるものではない。マリーエン通りの戸主シュテルンは寡婦である。歳は四十ばかり。その姪のトゥルーデルと同居している。二人とも、軽佻浮薄な程度は他者と比べようもなく、饒舌で、いつだって遊びに出たがる。「家の中で安穏として居るくらいならば、むしろ死んだ方がましよ」などとのたまう。こんな具合なので、おれの許へ来る手紙や物品なども、おれが大学に出掛けていると、受け取る者が居ない。また来客があっても、応対に出る者も居ない。かつまた十七歳のトゥルーデルが夜になると、おれの部屋を訪れて、ベッドに腰掛けて話し掛けて来るなど、面白くない。この二人の女性に、元より悪意があるとは思えない。また二人の思惑は一目で看破できる。しかし、平生今まで都会人の教育ある者に接した経験がなく、学問に従事する者を「役立たず」と呼び、おれを「役立たず」の頭首と思い込んでいる。おれはこれに嫌気が射して、二人を回避したのである。今度の下宿は、府の東の隅で、いわゆる古《アルト》ベルリンに近く、また悪漢や淫婦の巣窟だと誇る者も居る。でも、隣近所と付き合わなければ、気に掛けるほどのことはない。喜ぶべきは、おれの下宿は新築で、部屋が広いことである。友人がやって来て、部屋を見ると、びっくりしない者は居ない。しかも、目の前の道路はアスファルトで舗装されている。おかげで、馬車の騒音は耳に届かない。さらに、夜間は往来自体が稀なので、読書の妨げになるという苛立ちも起こらない。また戸主のキュッティングは料理店を開いているので、有難いことに三食とも家で食べられる。衛生部との距離も、徒歩で五分ほどに過ぎない。おれはこれ以上、何を望んだらいいのか。

六月十六日　晩に隅川、北里とティーアガルテンの西北端にある、「好眺苑」に行った。ゴレビーフスキが玄人の女を携えて飲んでいる場面に出会った。互いに声を掛けなかった。

六月二十日　家から手紙が届いた。

六月二十六日　夜谷口を訪ねる。谷口が酔っぱらって口走った。「ぼくはね、留学生取締と仲がいいんだぜ。親密な交際ってやつだ。なにせ、彼のためにさ、美人を一人斡旋しているからね」と。

六月二十八日　早川大尉を訪ねた。サクランボを食べながら懇話した。

六月三十日　亀井子爵がおれに名刺入れ一個を下さる。おれは彼の胃病を治した。このために下さったのである。この日、北里が「武島務が帰朝の命令を受けた。知っていたか」と言う。「前に聞いたよ」「そうか。島田が言うには、福島が谷口の譏《そしり》を受け入れて、この命令を下したようだ。君は谷口をどう思う」「石黒が来るだろ。石黒と会ってみて、彼が谷口を信じるか信じないかを見ようと思う」「君は石黒の動向いかんか。それは結局、谷口は悪くないと言っているのと同じではないのか」「なに、もとより敢えて何もしないさ」

七月二日　夜亀井子爵の家を訪ねた。風雨が凄まじかった。石黒忠悳氏が手紙をジェノヴァから寄越した。

七月十七日　中浜東一郎の電報がミュンヘン府から来た。石氏がミュンヘン府を発ったと報じてあった。駅に出向いて迎えた。共に来たのは、旧西尾藩主で子爵の松平乗承、大学教授の田口和義、ドイツ人のディッセ、及び北川乙次郎であった。「太子ホテル」に連れて行って投宿させた。この日、石氏が来ると、谷口にのみ報じた。谷口もおれと同じく石氏を駅で迎えた。他の人には教える時間がなかった。

七月十八日　山口、井口省吾の両大尉が来た。二人はフリードリヒ・カール岸一番地フッシュ夫人方に僑居している。石氏もまたここに転じた。

七月十九日　石氏のために、語学の先生を雇う。例のミュラーがその人である。

七月二十一日　石氏のために、日本政府が赤十字同盟に入るための書類を作成した。

七月二十二日　石氏がおれたちを「帝国料理店」に招いて、午餐を供してくれた。

七月二十三日　伊東方成侍医が鈴木愛之助と同じ「太子ホテル」に投宿したと聞いて訪ねて会う。

七月二十六日　家から手紙が来た。父静男はおれの帰国の日程を「石氏に訊いてみなさい。判っているはずだ」と言う。また篤次郎は「伊藤博文閣下が、総理官邸での大掛かりな仮装舞踏会で、むりやり別室に連れ込んだ大人が居る。しかもその相手が、維新の最高殊勲者である岩倉具視公の長女で、才色兼備で評判の、戸田氏共伯爵夫人の極子だったから、大問題になっている」と報せて来た。「壊滅した自由民権運動が再興し始めて、「欧化政策」に暗い影を投げ掛け始めた」と。

六月二十七日　石氏に従って、寺庭村の第二衛戍病院を見学する。シャイベ一等軍医がドイツ国陸軍省の命令を受けて、石氏の属員となった。ミッヘル病院長と知り合った。

六月二十八日　夜亀井子爵の家を訪ねた。初めての子どもがマラリアを患っていた。でも、この日には、もうすっかり治っていた。

六月三十一日　ミュラーの家で晩餐に預かった。

八月二日　伊東侍医との別れの宴に臨んだ。ベルリン府で有名な高級ワイン・レストラン「ドレッセル」の料理を初めて味わった。

八月三日　朝伊東、鈴木二氏がウィーンに赴く。二人を見送るために駅に行く。この日、農商務省水産局長の奥青輔を葬る。淋病に罹り、尿路の壁に損傷が生じ、尿が直接組織中に侵入して、炎症や化膿を引き起こしていた。そして、ついに病菌が内臓に移って新しい病状を起こしてしまい、処置が不能となって、亡くなったのだった。葬地は廃兵院に近い墓地である。

八月四日　コーラー軍医総監を訪ねた。その夫人とお会いした。シュトゥックラッド軍医監と話した。

八月五日　石氏と陸軍省医務局に出掛けた。コーラー軍医監、及びシャイベ一等軍医と公事を話しあった。おれは舌人、つまり通訳である。谷口もその場に居たが、おれと同様の役である。午後は石氏、及び谷口と軍医学校を見学した。アメンデ一等軍医と長い時間面談した。

八月六日　寺庭村に近い「軍需品貯蔵所」を見学する。貯蔵所は軍需品運搬大部隊の側に建っていた。

八月七日　石氏、谷口、及び北川と「博覧会苑」（アウスシュテルングパーク）に行き、「大ベルリン美術展覧会」を観賞した。絵画の部は観るべき芸術品が多かった。自然主義がようやく文学の分野から飛び出して、絵画にまで及び始めたのであろう。その結果として暗画法が衰えて、明画法というか、モネなどの印象派の技法が起こったと思われる。つまり、画室の光によってのみ対象を描きだそうとするのではなく、画室の光によらず、戸外の光によって照らし出された色彩を再現しようとする技法が可とされ始めたのである。今年の会にシュミット夫人という名があった。この夫人は「死王」と題して、「死」に帝王の形を割り当てて、この作品を会に出品しようとした。会の委員がこれを受け付けなかった。婦人は怒って、ドイツ帝に訴えた。ドイツ帝は優しく諭すように話された。「朕《ちん》は老いたといっても、帝王の形をした死の絵画を忌み嫌おうとは思わない。朕の心を忖度したために、名画が斥《しりぞ》けられるのは望むところではない」婦人はこの書面を見せて委員に迫った。委員が応えた。「先に斥けた理由を明言しなかったのは、卿の婦人であるから、敬意を損なわない礼儀を配慮しての結果なのです。私たちは一人の老天子のために憚ったのではありません。卿の絵とその着想とは、芸術の本意に背いています。このために、受け付けなかったのです」婦人はますます怒って、ライプツィヒ街の大きな一軒家を借りると、その絵を飾って一般市民に示した。多くの人の意見は、婦人に味方するものではなかった。とりわけ、こんな新聞記事もあった。婦人を嘲って言うのだった。「卿の絵画はタイトルも絵そのものも、品性が卑しい。「モルス」（mors）の語は、ラテン語にして女性名詞である。これに男性の帝王（Imperator）という語を練り合わせるとは笑止千万である。まさに女帝（Imperatrix）と改めるべきではないか」云々。それでも、婦人を憐れみて、逆に博覧会委員の過酷を攻撃する者も現われた。狂言作者のヴィンデンブルッフがそうである。彼はこう言うのだった。「委員の絵画への固定観念をもって、芸術の本意に背いていると決めつけるのは、未だもってその絵画を斥ける理由にはならない。このような事情ならば、委員の偏った考えや嗜好で、芸術の衰退を招くだろう。委員たる者、自分が唯一正しいと、決して自惚れ奢ってはいけない」

八月九日　石氏と慈恵院を巡視する。ゾンマー一等軍医が婦人室の責任者だった。ゾンマーとは昨年の軍医会で言葉を交わしたことがある。シャイベがこの日から石氏の許に来て陸軍医務を講じるようになった。おれと谷口が、舌人（通訳）を引き受けた。

八月十一日　石氏に従って諸官員の家に挨拶に行った。

八月十二日　野田会計監督の許に行って、ドイツ計吏某の軍医部予算の件を講じるのを聞いた。この講義は二三日を費やして終わる見込みである。

八月十三日　家からの手紙が届く。ベルリンに居ても、実家の生活ぶりはもちろん、千住や東京や日本の状況だって、手にとるように判る。篤次郎の詳細を記した手紙のお蔭である。

八月十六日　予算の講義を聞き終わる。

八月十七日　石氏に従ってモアビットの市立病院を見学する。院長のグットマンと話した。口ぶりからすると、俗物のようだ。話のいくつかは学理に合わない。たとえば「大きな花卉を病院内に置くと、その衛生上の利益は計り知れない、一人の患者の眼を楽しませるだけではない」などと、へっちゃらで口にする。まあこんな程度だ。

八月十九日　石氏と第一衛戍病院を見学する。院はシャルンホルスト通りに在る。ヴェルナー一等軍医が体面応接をしてくれた。ヴェルナー一等軍医は気配りもできる正直な人だった。

八月二十日　隅川が来る。一緒に片山國嘉の居を訪ねた。日本食のもてなしをされた。山川の子、健二郎も居合わせた。

八月二十三日　名倉幸作がベルリンを発して、ヴュルツブルクに赴いた。ロートがザクセンより来た。「紅海料理店」で会う。ロートが言うには「じきに東プロシアに向かって出発する」と。副医官ブルダッハの居を訪ねるのだそうだ。駅まで送って行く。「新刊年報」一部を贈られた。拙文が掲載されている。

八月二十六日　石氏とシャイベの家で晩餐をする。その夫人と知り合う。

八月二十七日　石氏と同居するフランス婦人某と共に、「ペルガモン・パノラマ館」を観る。絵画館は博覧会苑の中にある。ペルガモンはスミルナの北、小アジアの西岸の国である。そこは昔フィレタイロスが都を築いた場所である。エウメネス第二世がローマの民と力を合わせて、前述の小アジアを治めた。この時代に都城の規模が増大した。またこれを受け継いだアッタロス第二世の時代には、国がもっと発展して、風俗文物から百般の工芸にいたるまで、芸術文化が頂点を極めたと言う。この後、この府は長期間に渡って埋没してしまい、世間の人がこの府を顧みることはなかった。しかし、一八六六年ドイツ人のフーマンが彫石を発掘した。これが一八七八年の大規模発掘工事に繋がった。結果、ついに全府の遺跡という遺跡に、ふたたび天日の光を浴びさせる成果となった。この仕事で名を上げた絵描きは、ファブリキウス、ピーチの二人である。

八月二十八日　大和会に出席する。

八月二十九日　石氏が訪ねて来る。一緒に衛生部に行った。

八月三十日　石氏がウィーン府に行こうとしている。おれに「ついて来い」と命じる。

八月三十一日　横山又二郎がミュンヘン府から来た。彼を駅で迎えて、「トップフェルズホテル」に連れて行き、昼飯の後で「金石博物館」に行く。その後で、「獣苑」（動物園）に入る。

九月一日　石氏の馬車に同乗して、ドイツ帝が軍を観閲するのを見学した。

九月三日　夜小松宮殿下を見送った。

九月四日　石氏を訪ねた。乃木少将に会った。

九月七日　家からの手紙が届いた。薄桃色の巻紙が同封されていた。これは妹喜美子のいつもながらの手紙で、女性らしく平仮名を多用した情感あふれる文章で綴られていた。でも、今回は和歌の筆記がなかった。

九月十三日　山辺丈夫が訪ねて来た。石見国津和野出身で同郷の男である。留守中で会えなかった。石氏とシャイベの家を訪ねた。その妻子と話した。妻はヴァイセンフェルスの富家の娘で、人に手厚い善人である。子どもはトゥルードヒェンと言い、美しい顔立ちで、子どもらしいやわ肌の可愛い子である。

九月十四日　ミュンヘン府から来た中浜東一郎と「獣苑」を散歩した。

九月十五日　旅行の支度を整える。

九月十六日　午前八時に汽車がアンハルター駅を発車した。同行者は石君、谷口、田口などである。シャイベが石君を見送りに駅まで来る。ノイディテンドルフで昼食を摂る。この時、白髪頭の老人が、たまたまテーブルに対坐した。顔を見ると、ドレスデン府で知り合いになったベッカー軍医であった。「ベルリンまで行くんでね」と言う。長いトンネルを抜けて、オーバーホーフ駅に着いた。汽車はそこを発つと、チューリンゲンに入った。山岳の真っただ中で、美しい緑の木々が車窓に迫った。夕方八時にヴュルツブルクに到着した。橋本軍医総監の子どもである春、名倉三等軍医、元東京大学生の多田某などが駅まで出迎えに来てくれた。帝王街の「国民ホテル」に投宿した。春とおれとは文通を通して互いになんでも語り合う間柄になってから久しい。今その人を間近で見ると、際立った才能を武器に人から拘束されず独立心が強い様子が伺える。石君が「父上の綱常君よりも、伯父の左内君に似ているね」と言った。

九月十七日　ベッドから立ち上がって、ホテルの部屋の窓を開けると、城逵《じょうき》の庭が広がっていた。そこでは木々の緑の葉に露が降りて輝いていた。また秋の花々が香りを放っていて、部屋まで届いた。この心地よさは、比べるものがないほどだった。

今朝山靄入簾来。　今朝はさわやかな靄《もや》が簾《すだれ》越しに入って来た。
忽覚豁然枯肺開。　たちまち乾いた胸もひろがって、生き返る思いである。

回首北都雲気暗。　首を廻らして北都ベルリンの方を伺えば暗雲が立ち込めている。
石筒林立吐青煤。　石の煙突も林立して、黒い煤煙を吐いている。

橋本君の住居を訪ねた。父上の総監もかつてこの家に住んでいたと言う。またジーボルトの像を見物して、「宮苑」を散策した。そこには古城の址があった。濠の跡地に玉蜀黍《とうもろこし》を植えていた。新しい公園を通りぬけて、ホテルに戻った。午後三時に春たちと小汽船「コルネリウス」号に乗船して、マイン河を下り、ファイツヘーヒハイムに至った。岸一帯には「酒山」が造られていた。「酒山」とは、丘陵上の葡萄畑である。もちろん、ワインを造るための葡萄である。

酒山夾江起。　酒の山というか葡萄畑が川を挟んで広がっている。
緑影落清波。　その緑の葉影がいざよう川波の上に落ちている。
有客涎千尺。　客は垂涎の思いに堪え切れない。
何唯遭麹車。　酒を積んだ車と出会っても、そのまま通り過ぎるのだろうか。

ファイツヘーヒハイムで公園に入った。中に小さなレストランがあったので、当然そこで休んだ。帰りの船の中で、日が落ちた。舷《ふなべり》に出て、遠くを眺めると、飛沫が顔を打った。気持ちがいい。夜ユリウス散歩道を歩き、ユリウス僧官の像を見物した。ユリウスはカトリック教徒である。新教とユダヤ教の民を追い払って、その財産を奪うと、この資金を基に事業を起こした。今の大学の西側に隣接する旧大学の建物も、この奪った財産を資金にして建てた校舎である。

九月十八日　午前十時に田口と別れて、ヴュルツブルクを発った。四時にカールスルーエに到着した。カール・フリードリッヒ通りの「ゲルマンホテル」に投宿した。松平乗承がすでにこの地に到着していると聞いた。

九月十九日　主家街にある「バーデン救護社」に行った。その後でアイレルト軍医官を訪ねた。会えなかった。陸軍病院に行き、ヴィンクラー医長と話した。ツィーグラー医官を訪ねた。この人とも、会えなかった。

九月二十日　雨。アイレルト軍医監と救護社の第一議長のオットー・ザックスがやって来た。昼飯後に谷口と「市苑」を散歩する。この苑の一部には動物の檻を設けてある。四時からテュルバン大臣、ホフマン軍医監及びザックスの家を訪ねる。

九月二十一日　ロース一等軍医が来たので迎えた。石君や谷口といっしょに、陸軍病院及び榴弾卒隊の兵舎を見学した。ここから国会議事堂に行って、会議日割表などを受領した。

九月二十二日　午前中に、赤十字各社委員会を開く。日本赤十字社でこの委員会に赴いたのは、代表である松平乗承である。おれが舌人（通訳）として随行した。国際赤十字社総会第四回大会の議事規則を議定した。議長のシュトルベルク伯爵は、ドイツ中央の社長である。容貌が優美で、一目見ただけで、貴人だと判る。議員の中で人目をひくのは、モアニエスイス万国社長と、アメリカ人のバートン婦人である。モアニエは猫背で、首が短く、頭髪は頒白である。しかも、大きな鼻が中央で屈折していて、国匠が描く木葉天狗を髣髴させる。バルトン氏は顔の色は淡い黄色で、まばらに白くなった頭髪を中央で分けて、左右に梳《くしけず》っている。眼光は鋭く人を射す。またしばしば発言して、その長所を現すのは、フランスのエリサン、プロシアのトム、ザクセンのクリーゲルン、などである。日本の委員は別に意見もないので、ただ多数決などを取る時に、大意を松平君に訳伝して、起立させる。帰途一人がおれたちに近づいて来た。体躯が人並み外れて大きく立派な男で、白髪で赤ら顔、その頭の形は雪舟三世と言われる雲谷等顔《とうがん》が描く阿羅漢像に似ていた。「私はオランダ人のポンペです」と言う。おれが応えた。「あなたは新医学を我が日本に輸入した、あのポンペ先生ですか」「そうです」「あなたの教え子の松本良順先生も健在です。私の父森静男も松本良順先生について蘭学を学びました。あなたの孫弟子です」と告げて別れた。午後三時に石君、谷口と同じ日本政府の代議士として万国会に臨んだ。シュトルベルクが議長を務めた。会員中で著名の医者は、ロングモア軍医である。長身で細面なのは、いかにもイギリス人らしい。でも、彼の表情は常に微笑を湛えていて、これは例の冷淡極まりないイギリス紳士風とは、自然と異なる点である。紅色の軍服は古くて、斑模様が出ているのも面白い。この人は軍医監にして、大学教授を兼ねている。プロシア国のコーラー軍医監、バイエルン国のロッツベック軍医総監の両人も、また姿を見た。会場は国会議事堂なので、階上には貴族席が設置されている。そこにはカール王とその夫人が臨席された。ストルベルヒは開会演説をするにあたって、特別に日本の事に触れられた。おれは石君以下にそれを告げたので、日本人全員が起立して謝意を表した。またモアニエ及びロングモアと石君を引き合わせると、舌人となって、三者の語を交流させた。夕方八時にテュルバン大臣の家に招かれた。カール王とその夫人が石君に挨拶をした。おれが通訳した。バートン氏と話した。テュルバン氏の娘は頬の紅い少女だが、客への接し方がたいへん丁寧で、おれと数十分も語り合った。

九月二十三日　午前十時に会に臨んだ。この日は防腐療法を軍隊でも用いる旨を勧める意見が出た。おれは日本委員一同に代わって、「日本陸軍ではすでに防腐療法を用いる法則を設けており、かつその材料も備えています」と報じた。午後二時半カールスルーエ担架兵団の演習を見学した。民間団体だけれど、救護者の制服は皇后陛下が自ら定めたものであると言う。五時三十分に王宮に赴く。カール王及びその夫人のレナールと話した。レナールの言辞は、すこぶる好感がもてる。多くの東洋紀行を読み、我が国の事情にも詳しい。またレナールは石君に対して、日本陸軍の防腐療法を普施した時期が、他の国々よりも速やかである、素晴らしいと賞讃してくれた。八時にカールスルーエ軍医会のために、「グローセ氏ホテル」に赴く。石君が演説をする。おれが通訳をする。この日ブラジーリェン帝のドン・ペドロに謁見した。白髪の老人であった。古代語学に深い見識を持つと言われている。イタリア人のゾマーと語る。「僕は君の『日本兵食論』を訳して、新誌に掲載したんだよ。以前君に一冊贈ったことがあるよ」と。おれは偶然出会った喜びを述べて、さらに今度ウィーンの万国衛生会で発表するつもりで書いた小冊子を数部差し上げた。

九月二十四日　午前十時に大会に臨んだ。この日、議案決定にはジュネーブ国際社（万国赤十字社）に参加する各政府の認可を受ける必要があるとの議案が提出された。すると、ハイデルベルク大学のシュルツェ教授が、「国際法上より論究すれば、これに当然賛成」と演説して、聴いている者を大いにびっくりさせた。プロシア公使館参事官のヘプケが反対意見を述べた。少しばかり、過激な意見であった。午後二時に、会場でグラスケ教授が、新弾の説明を始めた。新弾はこれまでの小銃の弾が鋼鉄薄皮で簡単に破れるのと違って、的に当たった後でも分裂したり変形したりすることが稀である。このため損傷は単純で治しやすいと言う。三時にローレンツが経営するドイツ製弾工場に出向いて、新弾の射撃実験を見学した。ロングモアが、その夫人を伴って、また見に来ていた。七時に「博物館協会」で音楽を聴いた。シェッフェルの詩「笛の音」の一章を歌い上げた女優は、音調が優美で、容色も人よりも優れていた。

九月二十五日　バーデン・バーデン市に遊びに行った。午前十時に汽車でカールスルーエを出発して、目的地には昼時に到達した。ローマ時代の古市である。ここの鉱泉は全欧に名が轟いている。遠方からもやって来て入浴する人が大勢いる。駅から馬車でホーエンバーデンの古城（アルテ・シュロス）に行った。城は高い丘の上に建っていた。十七世紀の三十年戦争で、フランス兵に壊されたそうだ。今建っている場所は、本来の外郭である。その下には民家が盤面の碁石のように散らばっていて、オース渓を迂回すると、眺望は言葉にできないほど美しい。府知事が城の庭でおれたちを迎えてくれて、食事と楽団演奏でもてなしてくれた。この後でフリードリクス泉を観察した。ロッベック夫人と再会した。夕方六時に迎賓館で会った。山盛りのご馳走でもてなしてくれた。前の庭では十字形の大きな灯に火を入れた。帰り道で、ポンペと語り合った。おれらに向かって、こう広言した。「諸君の中でも、森君は顔が林紀君に似ているな。林紀君は帰国した後で、軍医総監になったそうだね。でも、オランダに居る時に、婦人と問題を起こしてね、私が機械仕掛けで問題解決に乗り出す神、つまり「デウス・エキス・マキナ」の役を勤めたよ。森君はどうだろう、性格も林紀君に似ているなんてことはないだろうね」おれはどう答えていいか判らなかった。またポンペは続けて、こうも語った。「私が日本で成し遂げた行為は、今やただ歴史上の価値を持つだけだね。だけど、当時は何度も至難の境遇に追い込まれてね。まあこの歳になると、何もかもが懐かしいよ」

九月二十六日　午前十時に大会に臨んだ。「欧州の諸会は欧州外で戦があった時に、傷病者の救助をするべきかどうか」が提議された。これはオランダの中央赤十字社が出した問題で、眼中にただ欧州人の植民地をのみ見て発した、軽薄な問い掛けである。おれは石君の同意をとって、その後で発言した。「本題は単に欧州の諸会だけが救助をするものと見做しています。もし本題の決を取るならば、日本委員は賛否の外に立ちます」アメリカの委員は黙り込んでしまった。その後議論は百出して、結果決を取るまでには至らなかった。

九月二十七日　午前十時に大会に臨んだ。前日の議題を引き継いだ。おれはきょうも石君の許可を得た後で発言した。「日本委員は前日述べた説を維持します。結局本題を国際会議に出そうと思えば、「一大州の赤十字社は他の大州の戦に」云々という発言に言い方を改めます。これは修正案の提出ではありません。こう言えば事は足りると考えたからです。もし本題と正反対の事態が起こった場合、つまりアジアの外の諸国で戦が起こった時は、日本諸社は救助に力を尽くす必要はないと思考する筋道になります」すると、会議室全体から「ブラボー！」（そうだ！）と声が上がって、「謹聴しろ！」とも叫ばれた。背後の一議員が会員名簿を開いて言った。「学士の森林太郎さんですね。大学を出た人は、やはりどこか違いますね」云々。ポンペがたまたま書記席から自分の席に帰る時だった。おれの側を通り抜ける時に、おれの肩をポンと叩くと、一笑して去った。書記の役を勤めていたフランス人のエリサンがやって来て、演説の草案を求めて来た。おれは「元から即席で考えた意見で草案などはありません」と応えた。すると、「貴重なご発言なので、関連する問題は大きいと思われます。お聞きした意見を記録しておきたいのです」と。プロシアの式部官であるユーゼルフォヴィッチュも、我が説を賞讃してくれた。この人はサンクト・ペテルスブルクの貴人はこのような人だと思うほど優美な骨相である。ドイツ人のヴェーバーも言う。「本題は未熟である。初めから、次回に回すべき議題だった」またおれの説を補足するかたちで、こうも付け加えた。「その大州と区分するのは現今単に地学上の習わしに過ぎない。民族学上の意味はない。かつまた欧州外と言う中には、アメリカのような大きな国も含まれているではないか。また欧州諸会の欧州外の戦に対する挙動は、一つの例に過ぎない。本会に提出するまでもない」云々。ついにこの議題は多数決などとはせずに、次回に回すと決まった。

ジュネーブ盟約を軍隊に知らしめる策を議論した。おれは石君に告げた。「日本でジュネーブ盟約に注釈を加えて、士卒にゆきわたる報告をしましょう。そして、その本をこの会に数部示しましょう。会の全員が傾聴しますよ」ユーゼルフォヴィッチュが後ろから指でおれの背中に触れて言った。「びっくり、びっくり、だぜ」この時から、会員たちが日本委員を見る目が、前日までとは趣きを新たにした。この日の議題の中では、ジュネーブに記念碑を建てることの可否に関して、クネーゼバックの演説が喝采を博した。「建碑の議、昔の一時の熱中から生じている。かつまたジュネーブ諸君の意を推測すると、人の心中の記念碑を重んじて、金石の記念碑などは軽いと思っているようだ」と。ついに否決される。ついで、閉会式があった。この日、会場を後にして、馬車に乗り込もうとする時に、石君が両手でおれの手を取りながら口走った。「感謝、感謝だ」と。以上記した他にも、石君が起草した文章を、おれの翻訳で印刷して、全員に配った小冊子の件もある。日本赤十字社の結成までの経緯を述べた文章である。石君は公報の巻末に書き記した。「忠悳はドイツ語が得意ではない。フランス語のごときは、未だかつて学んだ経験もない。このため、今回の会では谷口謙、森林太郎の補助を得ることが多かった。会場での応答は森林太郎に負担させてしまった」云々。谷口は酔って、おれに自嘲気味に話した。「今回の成功は、君の多くの尽力に尽きる。ぼくは力が君に及ばないと知った。でも、ぼくが居なかったら、誰が石黒のために寝室の相手を周旋できるだろうか」午後別れの挨拶のために、各氏を訪問した。宮中の夜会にも列席した。カール大帝の夫人が、おれに面と向かって、お褒めの言葉を下さった。

九月二十八日　夜明けに東洋急行列車（オリエンタル・エクスプレス）に乗って、カールスルーエを発った。夕方にウィーン府に到着し、寵人街の「勝利神ホテル」に投じた。ウィーン行きは石君の日本政府を代表して万国衛生会に臨むのに従ったものである。同君はすでに内務省の官僚である北里柴三郎、中浜東一郎をこの府に派遣していた。おれと谷口とは、私人の資格をもって、この会に臨んだ。このために、ウィーンに滞在する間は、公務から解き放たれていた。

九月二十九日　ロート、コーラーなどを「テゲット家具付きホテル」に訪ねた。会えなかった。丸山作《さく》楽《ら》、有賀長雄たちと話した。

九月三十日　朝自著『日本食論拾遺』二百部を国際書記局に送致して、会員に分け与えた。そのうちの数部は会の閲覧室に配列した。同著には石君の序文が書いてある。中浜、北里が来る。共に会に臨んだ。ペッテンコッファー、ロートと語った。ソイカ、シュスター、レフラーなどを見た。また初めてヴォルフヒューゲルを見た。この日松平子爵はおれたちと別れて、「テゲット家具付きホテル」に移った。

十月一日　朝丸山作楽が訪れる。石君に対して、丸山作楽が主宰していた帝政党系の「明治日報社」の業務について語った。初めて石井南橋がその庶務を管理していた事実を知った。万国衛生会に臨んだ。

十月二日　棚橋軍次の家で晩餐を摂った。その夫人と顔を合わせた。伊東侍医、有賀文学士なども集まった。

十月三日　棚橋が石君を引っ張って陸軍省に行った。おれたちも従った。ホルト少将と話した。メルケル元帥に謁見した。

十月四日　陸軍病院を見学した。ここはヨーゼフ二世が軍医教育のために創立した学校の跡地である。ヴェンツェル・ホーア軍医総監が自ら案内してくれた。ヴェンツェル・ホーアはオーストリア政府及び陸軍省の派出員として、万国赤十字会に臨んでいた。つまり、カールスルーエで知り合った。家からの手紙が転送されて来た。亀井家の家従である吉村泰得が、父静男を訪ねて来たそうだ。亀井殿の御病状が芳しくないようで気がかりである。

十月五日　馬埒街《ばれつがい》の歩兵営を見学する。ファウハウバー連隊医官が案内をしてくれる。兵器庫に隣接する砲兵営も見学する。シュポンナー少将、ハイシッヒ大尉、ツォッヒヤー連隊医を引き連れての案内である。ツォッヒヤーは見るからに脂肪過多の老父で、喘ぎながら歩く姿は水牛を思わせる。

十月六日　乃木少将が「テゲット家具付きホテル」に宿泊していると耳にした。訪ねてみる。会えなかった。楠瀬《くすのせ》幸彦と話した。

十月七日　陸軍病院の中にある化学実験場、及び蠟型の陳列場を見学した。

十月八日　夜九時にウィーン府を発った。ドレスデンで谷口と別れた。谷口はマクデブルクに赴いて、棚橋の妻の妹と見合いをするのである。

十月九日　日曜日。午後、ベルリン府に戻る。

十月十日　衛生試験所で実験を始めた。

十月十一日　家からの手紙が届いた。殿の病状が記されていた。夜亀井を訪ねた。留守だった。

十月十二日　楠秀太郎が来た。清水格亮及び亀井家の家従の書簡を得た。「殿は脳の病に罹り」と記してあった。返事を書いて、官便で送った。

十月十八日　初めて高橋繁と会った。熊本の人である。医学をストラスブールから学んだ。また小林某という長岡の医学生が、日本人女性を連れてベルリンに来て、「トップフェルズホテル」に宿泊していた。ベルリンまで和服で来た猛者のようだが、どういうわけかこの地では日本人との交際を絶っていた。しかも、小林の経歴はすこぶる変わっている。おれは興味を持って訪ねて行った。小林が答えた。「すぐにライプツィヒに赴いて、医学を修めようとしています」婦人は弟の篤次郎を知っていた。「あなたは千住の森さんのお兄さまですか。篤次郎さんは面長ですが、お兄さまはそうではないのですね」

十月十九日　家からの手紙が届く。キミの詩（短歌）などが、いつものように記されていた。

十月二十日　新聞が届く。「羅馬字雑誌」（第十一冊第二十六号）に阿君の文を載せた。

十月二十一日　夜プロシア軍医学会に赴いた。ヴェーゲナー軍医監が議長であった。ヴェーゲナーはドイツ皇太子の侍医である。皇太子は喉頭に瘤ができて、イギリス人医師のマッケンジーが治療にあたっていた。ヴェーゲナーは関わらなかった。世の人はこれを侍医の恥だと言った。知名の内科医ライデンが「神経病論」を講じた。思うに得意の学科である。でも、叙論が冗長で、聴いている人が欠伸をした。その顔立ちは、麻の皮をはいだ茎のようで、おれは心の中で病ではないかと怪しんだ。

十月二十二日　福島安正の新居を訪ねた。花柳病だと聞いた。愚かだ。軍医の谷口がそれなりの女性を紹介しているはずなのに、なんでその美人を選ばなかったのか。好みの問題か。それとも、谷口を人間的に信用していないのか。

十月二十三日　谷口がマグデブルクに赴いた。おれは早川の宴に赴いた。川上、乃木の両少将、野田、福島、楠瀬、山根など、みんな出席する。伊地知大尉が形而上論の事を語る。浅薄で可笑しかった。楠瀬が言った。「君はかつて小倉庄太郎にお金を貸したと聞いた。もう清算は済んだのか」おれは答えて言った。「いや、今まで貸したことは一度もないよ」楠瀬が目を大きくして、少し大きな声を出した。「小倉は君に返す金なのだがと言って、ぼくから百二十マルクを借りたのだぜ」小倉庄太郎は両少将のいわゆる下僕である。初めドイツに来た時は政治学を修めると言っていた。顔立ちはめっぽう美しく、弁も立つ。しかし、貧苦のあまり学校に籍を置き続けることができなかった。両少将が憐れんで、金銭的に助けた。一回だけおれを訪ねて来て言った。「かつてテュービンゲン大学に居た時に借財をしている。今百二十マルクを請求されている。急にこれを返すのは無理なので苦しんでいる。もし君に少し余裕があるならば、この分を貸してくれないか」おれは承諾した。小倉が言う。「ぼくが君から借りたことは黙っていてくれないか。他言することなかれ、だ」「いいよ」この後、おれはウィーンに行った。小倉はウィーンに手紙を寄越した。「君と乃木少将は、今ウィーンに居るのか。少将あるいは君に、ぼくが借りた金のことを訊く者が居たら、もうすでに返してもらったよと答えてくれないか。改めてお願いするよ」おれは手紙を書いて答えた。「わかった。僕がお金を君に貸した過去や、この件を他人に話さない未来を誓うよ」おれは黙然を貫いた。まるで魚のようにだ。それなのに、少将ははたして誰からこの件を聴いたのか。いや、少将は本当に聴いたのか。おれは大いにこの点を疑っている。もしおれならば相手が身近な人でも話さないだろう。それとも、おれが話したと疑っていて、その疑問を口にしたのだろうか。小倉はおれに金を返すと偽って、その金を主人から借りて、むやみに散財してしまったのではないか。だけど、おれは自分の身近に何の問題もないと知っている。しかも、今余分なお金だって持っている。願うのは、小倉を厳重処分、すなわち強制帰朝の処分にはしない結果だ。帰り道で両少将と「シルレル骨喜店《コーヒー》」に入った。

十月二十四日　フランクを訪ねた。会えなかった。

十月二十五日　衛生実験の材料を求めようと思って、ベルリン下水第五放線系統の操作局に行った。局長ゴルドフスキと話した。夜石君の家を訪ねた。石君が、斎藤修一郎、及び中浜東一郎について語った。その一。あのシーボルトがこの頃ベルリンに滞在している。ある日、石君を訪ねて来たことがあった。シーボルトが言うには「昨夜、あるコーヒー店に入った。その店に日本人が客として居た。斎藤修一郎君にすこぶる似ている。頭に紅い帽子を被っている。帽子の前面に一星章が見える。金色にきらきらと輝いている。ボーイは日本の貴公子だと思い込んでいる。店の待遇ははなはだ慇懃だ。店内の客は不思議に思って、彼を注視している。ある士官が言った。「被っているあの帽子は、ロシア国の騎兵の制帽だ。制帽の前面の星章はロシア国の某勲章である」と。あれ、それならあの人ははたして斎藤氏かな。その星章ははたしてロシア帝が授ける本物の勲章かな。本物ならば、むやみにその帽子を被るのはどうかと思う。ロシア帝がもしこの情報を耳に入れて、勲章を剥奪するような事態になれば、実に日本の恥である」その二。中浜がベルリンに居た時、石君の家に寄寓していた。彼は踊り子の某といい関係になった。中浜が去った後、中浜宛に踊り子からのラブレターが届いた。石君が預かる事態となった。だけど、その手紙は誰から送られて来たのかが判らない。みんなに訊いた。知っている者は居るか。誰も知っているとは言わない。加藤照磨が来て告げた。「石君が手紙を中浜に転送して、これは何だと責めなさい」云々。

十月二十六日　武島務に会った。以前、彼は三等軍医だった。私費留学をした。故郷の秩父郡太田村からの送金が滞った。大いに困窮した。ついには、大家が家賃の滞納を裁判所に訴えそうになった。福島がこれを耳にして、即刻武島に帰朝を命じた。石君がベルリンに来るや、軍医の辞職を命じた。ある人が言う。「金に困るのは、誰でもいっしょである。それを離職にまで追い込まれたのは、某のチクリに寄る」と。はたして、それは本当か、違うか。務の性格は猛々しくて強い。屈しない。務は名倉幸作のように、女にだらしがないわけでもない。務が憤って嘆く様も解る気がする。

十月二十七日　下水ポンプ操作所に行った。ラシュケ操作監に誘導を願って、中央屠殺場に入り、下水を汲んだ。これを実験材料にするつもりだ。午後六時に石君がシャイベからドイツ語のレッスンを受けた。谷口とおれが舌人の役目である。

十月二十八日　井上巽軒に会った。巽軒は今ベルリン東洋語学校の教官である。ランゲと一緒に日本語を教えている。おれに写真を一枚贈ってくれた。

十月二十九日　大和会に顔を出した。

十月三十日　フランス語を学んだ。先生をベックとした。ベックは謝礼金を受け取らない。お金の代わりに、おれが彼に日本語を教える約束をさせられた。きょうから毎日曜日の午前中に会う約束を交わした。夜劇を「宮廷戯園」で観た。シェークスピアの『ハムレット』である。

十月三十一日　ミュラーを訪ねた。彫刻家の多胡と話した。小倉庄太郎はかつてテユービンゲンに居た。「私は伯爵某です」と豪語し、また「日本の大蔵大臣は私の父親です」とも言い放って、制服もどきを偽造すると、この服に身を包んでいた。多胡はある日公金の為替で四百マルクを受け取ることを小倉に託した。この時はまだ小倉がよこしまで嘘が多い奴だと知らないからである。小倉はお金を横取りしたまま返してくれないそうだ。

十一月一日　夜図師崎《ともろざき》警官と「クレップス氏骨喜店《コーヒー》」で会う。

十一月二日　夜高橋繁、井上哲次郎と「クレッテ料理店」で会った。

十一月三日　井上勝之助が天長節の宴を公使館で開いた。おれは正装をして出向いた。ヴォルフゾーン領事（ユダヤ教徒である。また彼女がたいへん美しいそうだ）、シーボルト、斎藤修一郎たちと出会った。亀井子爵もまた参列していた。身体や心に悪いところがまったくないご様子であった。座間が石君や乃木に向かって言う。「森君の制服は旧制だね。肩章及び腰帯がない。これを谷口の新制服と比べると、はなはだ劣っているね。どうだろう、旅の間は谷口を呼んで軍医正君として、森君を軍医君としたら」乃木がおれの顔を覗き込みながら言った。「しかし、得したこともあったかも知れんよな」おれは臨機応変に答えた。「その辺は油断なく利用しました」一同大いに笑った。土方が試験を受けて落第したと話した。「なに、設問の中に、『外国人が士官学校に入るのを許可すべきかどうか』の出題があったのです。私は外国人です。この問いに答えることはできません。こんな設問は出題者の罪ですよね。私は秘かに思いました。それならば、『李斯《りし》復た客を逐《お》う』を諫めることはできないな、と。ええ、韓非子が秦に来たときに、李斯は韓非子が外国人であることを理由に追放して殺してしまった故事です」

十一月四日　夜石君のために翻訳する。

十一月五日　小倉が来る。罪を謝った。またこうも釈明した。「噂と真実とは違う。そんな噂を信じるのはやめてくれ」おれは言い返した。「おれだって、噂が真実でないことを望む者さ。君に願うのは、品行を改めて、他人があれこれ噂するような行ないを二度としないことだ。ただおれに君の行動を問い質す者が居ても、おれは知らないと答えるのみだ。心配するな」そのまま別れる。家から手紙が届いた。

十一月六日　夜ミュラーを訪ねた。法律の原理を話し合った。

十一月七日　午前中に公使館に行って、有森信吉と話した。人物が素晴しく、世の中の不正について怒り嘆く様子も愛すべきだ。夜一瀬と大和会堂で邂逅した。その性格の快活さが嬉しかった。惜しむらくは人を侮る習癖があるようだ。集まっていた人たちは、みな法律家であった。

十一月八日　夜平島、平井たちと「クレッテ料理店」で会った。平島は野卑で礼儀がなく、平井は軟弱で気骨に乏しい。また彼らも法律家であった。

十一月九日　井上巽軒の「仏教と耶蘇教とどっちが優れているか」という論を聞いた。大意はこうだ。「仏の如来（真理体現者）には人性がない。耶蘇の神より優れている。大乗仏教は因果を説く。それで重きを生まれ変わりに置かない。小乗仏教との違いはここにある。耶蘇の未来説より優れている。仏は自ら悟りを得た覚者である。耶蘇が神の子と称するよりも優れている」云々。おれは質問を掛けた。「今哲学には定説と認めるものがないのでは」井上が答えた。「およそあらゆる学問の根底となっているものは、みな今日の哲学である。その他、フェヒナーの心理学、カントの倫理学、みな定説である」と。

十一月十日　石君と「クレッテ料理店」で夕食を摂る。

十一月十一日　夕方シャイベの授業があった。武島務と会った。

十一月十二日　夜宴を大和会堂で開いて、斯波淳六郎がイギリスに行くのを見送った。檜山とテーブルが同じだったので、法学について話した。檜山は大いにゲッティンゲンのイェーリングを褒め上げた。「君がナウマンをやっつけた文章をイェーリング先生に見せたのだよ。すると、『偏ってなくていい』と誉めていたよ。また宮崎津城もこの人を尊敬していて、『他の先生方よりも、断然抜きん出ている』と言っている。君どの本でもいいから、彼の著書を二三冊読んでみないか」おれは喜んで「そうするよ」と答えた。

十一月十三日　夜ミュラーを訪ねた。

十一月十四日　グットマンを訪ねた。この人は「ドイツ医事週報」の編集長である。最近、横浜十全病院のシモンズというアメリカ人の医療宣教師が、日本におけるコレラ予防の実態や、脚気発病の原因などを取り違えて発表した。おれがその誤りをいちいち訂正して、その上で反論を加えた文章を書いたので、雑誌に掲載して欲しいと頼みに行ったのだった。グッドマンはただちに了承してくれた。彼はこう言うのだった。「あなたの先輩としては、北里柴三郎医学士がおります。わが社に文章を書いてくれる契約を結んでいます。あなたもまたわが社の通信員になりませんか」「いいですよ」こう答えて再会を約束して帰宅した。夜石君を訪ねた。そこで小池正直からの手紙を渡された。石君の話はこうだった。「足立軍医正からの手紙が来た。橋本軍医総監の意を汲んでいる者だ。こう書いてある。森林太郎の洋行は事務取調べを兼ねている。森が帰朝する前に必ず一度は隊附医官の実務をとらせなさい。そうでないと陸軍省に対して体面が悪い」と。おれは答えて言った。「林太郎はただ命令を聞くのみ。意見を述べるべきではありません。謹んで受けます」石君が言う。「近いうちに、福島取締に詳細を相談しなさい」と。家に帰って、小池の手紙を読んだ。「老兄を軍隊に附けて、谷口をもっぱら石君の補助として、手続き上は二人とも同じように事務取調べとして扱いたい。これが局長の心中だ。これはもしかしたら、谷口の要求ではないだろうか。谷口は例の陰険家だから、万事に注意しろよ。うかうかしていると、毒虫に刺されるぜ。秘々」と。過日ウィーンに居た時だ。谷口は酔っ払って、おれにこう言った。「僕は身近な人の推挙で軍医本部に入った。そしてついには西洋に渡る命令を受ける幸を得た。内々には橋本総監の愛顧を得た。他にも三浦中将の応援があった。それで、なんとかここまで来た。だけど、当初から身近な人の一言に力があっただけだ。ぼくの性格は我慢強い。禍害を人に及ぼそうとも、その結果が僕に利があるときは、なんら考慮しないですぐに行動に出る。ただ身近な人に対しては、僕も欺くのは忍びがたい」と。おれは首を捻ってしまう。小池の推察を信じてもいいのだろうか。谷口がおれを排除するのに、刃を使わず、毒を用いず、ただ遠ざけるのみなのは、少しでも前日の友誼に報いるつもりなのだろうか。でも、今のおれには、この生活から遠ざかることが一番つらいのだ。

十一月十五日　午後今年初めて雪が降る。夜大和会堂に行く。

十一月十六日　下水役人のラシュケとグライフスヴァルター通りの屠馬場に行った。衛生実験の材料として使う汚水を採酌するのである。夜隈川と会った。日本食実験を行なう意思があると聴いて、「それはいい！　ぜひ、やってくれ」と賛揚し、激励した。

十一月十七日　夜大和会堂に行く。誰も居なかった。それで独り坐って「荘子」を開いて読む。零時過ぎに家に帰る。

十一月十八日　夜石君を訪ねる。斯波が挨拶に来ていた。「明日の夕方、ベルリンを発つんだ」と。

十一月十九日　夜友侶《つれ》と「ヨスティ骨喜店《コーヒー》」に行く。この店はテラス付で、婦人にも人気がある。でもこの時期の、しかも夜では、テラスに誰も客は居ない。また、この店は洋菓子店を兼ねている。友侶《つれ》はフォークを使って、洋菓子の一切れを口に入れると、嬉しそうにおれに微笑んだ。

十一月二十日　夜ミュラーを訪ねる。哲次郎もまた来ていた。東洋語学のあれこれを論じた。この後、仙賀と話を交わした。仙賀は「東京日々新聞」の通信員としてベルリンに滞在している。専門は経済学だそうだ。「ドイツの経済学士には、分類し系統をたてる、いわゆる『分類立系』を好む傾向がある。このため、経済学でいう『生産と消費』の両章を分けるに至った。無益この上ない」云々。

十一月二十一日　石君を訪ねる。松平からの手紙がウィーンより届く。「谷口の婚姻は成立しないようだ」と。川上少将が蛋白尿を患っていると聞いた。気がかりである。

十一月二十二日　川上少将を訪ねた。会えなかった。家から手紙が来た。石黒夫人から「互いに留守中なので、留守中のことやら、ドイツのことやらをおしゃべりし合いましょう、新嘗祭の今月（十月）十六日午後に、母公、祖母公、令嬢（妹喜美子）のおいでを乞います。同席は谷口さんの母公です」との手紙を戴いたそうだ。

十一月二十三日　家から手紙が来た。父静男からで朱罫の巻紙に「十六日は石黒奥室に森家の女性三人がお呼ばれして、そこに潤三郎までが付いて行った。さんざんご馳走になった。話も弾み、夜遅くに帰宅した。石黒先生に貴様からもお礼を申し上げてくれ」と記してあった。シャイベを訪ねた。奥方の姪が居た。歳が十六七で、可憐な美少女であった。

十一月二十四日　石君から知らせが来た。「江口軍医がベルリンに来たよ。明晩会う約束をした。君も来ないわけにはいかないぞ」と。

十一月二十五日　江口と石君の家で会った。その後、一緒に片山國嘉の家に行った。

十一月二十六日　大和会の例会があった。演説をした。その内容を簡略に記すと、以下のごとくである。「みなさん。私は前会が解散した後、大海原尚義君と話して、少し感じた点がありました。後日二三の方の同意を得て、その考案を固め、きょうみなさんの清聴を煩わせる次第となりました。じつは本会の欠点を発見したのです。これを除かないと、会が盛えないと思います。この意見を述べるのに先立って、用語法上一言明らかにしなければならない言葉があります。会社、集会、会議、懇親会、皆単に『会』と言います。その名は一つですが、その実態は相異なります。大和会の集会には、会則に拠ると、例会と臨時会との区別があります。この区別は開催時が常か非常かにより生じます。ですが、その性質は一つです。私はこの集会に常に二つの要素があって、互いに戦っていると思っています。一つは懇親会の要素です。その目的は会員が互いに集まって、親しく交わりを結び、歓を尽くすことです。二つ目は会議の要素です。会があれば会務を生じます。内規によって秩序を整え、この国の、いわば外国法を守って位置を確かなものにします。会員の進退、会員の出納、みなこれに属します。また事務の決行には会議を要します。この二つの性格です。ですが、あっちは気楽に楽しめて、こっちは苦労が多い。あっちは論壇を嫌い、他人の演説中にも飲食をして、私語または大きな声で話し、席を離れ、じゃれ合って相撲の真似事までします。こっちは講演者の反対者に妨げられ、意見が透徹せずに、あるいは逡巡して、また饒舌はやめろよと言われるまでに至ります。このごとく反対の性質を抱く二要素が同時同所で戦っています。会の盛大を望むならば、決していい傾向ではないでしょう。ゆえにこの弊害、この欠点を取り除くのが、本会の急務です。どうしたらいいでしょうか。まず大和会の集会を二分しましょう。会議と懇親会に分別するのです。労時には逸楽を顧みず、逸楽時には労を忘れる。これで両面が活きるのではないでしょうか。たとえば例会で三時間を費やすのであれば、初めの一時間を会議として、後の二時間で歓を尽くす。このような配分はいかがでしょうか。会議時には静粛を第一として、懇親会の要素が入って乱れることを許さず、懇親時になったら、理屈を排除して、あるいは風流文雅、あるいは相撲撃剣、自由に快をむさぼるのをよしとしましょう。さらに、もし議題のない時は三時間すべてを懇親会としましょう。また次のような意見があるかも知れません。「懇親は大和会を創った時の主眼である。会の集会はたとえ三分の一でも、時間をまじめな議事に費やし、議席に束縛されるのを望むものではない」と。それでも、在ドイツ日本人の大和会は、在ドイツロシア人の会、イタリア人の会が結んでいる本国忠誠会のような会であります。各々外国に居ても、その愛国心を養成して、母国を忘れないようにしようというのが目的だと思われます。ロシア人はスラブ人主義、イタリア人はイタリア主義、日本人は大和魂が、まさしくこれです。まさか独りで杯を上げる者が集まるのを会の主眼にしているわけではないでしょう。かつまた会則に友誼の語があります。友誼は友情と互助しています。誼は義です。義務です。会則に相戒めろと記してあり、謝絶除名の項目があります。思うに大和会は尋常の懇親会ではありません。尋常の懇親会は単に礼儀を守れば事足ります。このような会はただちにその国の警察法の下に成り立っています。犯罪さえ起こさなければ、後はすべて可です。でも大和会は違います。一つの様式を持ち、機関を形作り、会則を決めて、これを連結し、これを維持します。これは事を議する会議を止めることができない理由でもあります。もし大和会が普通の懇親会だと強いて言うのであるならば、例の会則などは破り捨てて、大和会が烏合の飲食会であることを明らかにして下さい。また会員の中には、このように言う人が居るかも知れません。「会務には幹事がいる。必ずしも一般会員と議論をしない。だから集会時間は、ただ懇親を中心に据えればいいのだ」と。これは虚言です。集会の歴史を明らかにしてみましょう。私がこの会に出席するのは、まだ三四回に過ぎません。でも、毎回議案が提出されて、議論が蜂起します。今までだって、こうだったのです。未来を考えましょう。このように議論をしているのに、いっこうに要領を得ない理由は、専《もっぱ》ら会則の不備に基づきます。今一例を挙げましょう。大和会は以前から毎回集会費を集めて毎回計算しています。たとえると、宵越しの銭を持たない江戸っ子みたいなものです。有森君が言うように、先に一定の会費を集めて行なえば、大和会に基本財産ができ、その取り扱いは会則で定めないわけにはいかない。これは議事の最重要事項であり、会則に関する事項です。有森君の提議は、会に貯蓄を作って、資本金を持とうという主旨です。人はばかにして、こうほざくかも知れません。これでは会と名乗りながら、商売に従事しているのではないか、と。しかし、思うに資本とは「ファンド」、つまり「基本財産」の意味です。どうしてこれが商売と言えるのでしょうか。また会則を読めば、幹事が居れば議事をしなくてもいい、という説が誤りであると直ちに理解できます。幹事は事務を管理するのです。決定はしません。会での決定があって、その後で施行し、施行したあとで、初めて管理の必要が生じるのです。つまり、決定は議事の結果です。これで会則が議事の必要を認めているのがお解りでしょう。あるいは、このように言う人が居るかも知れません。「幹事に決定権を委託すれば、議事の煩わしさから逃れられる」と。いや、委託には二種類があります。悉《ことごと》く委託するのと、事によっては委託し、事によっては委託しない場合です。後者は議事の結論を待つことになります。その忙しいことと言ったらありません。また前者の悉く委託するのはどうでしょうか。これは本会の根底を揺り動かすものです。本会員は誰もが同等で、幹事はただ会の旨を受けて執行する。この同等の秩序は、悉くみな委託の法とは並立しません。もし悉くすべてに委託の法が施行されたら、この会の秩序が乱れませんか。会員は必然的に幹事の制御を蒙るようになります。言うまでもありませんが、一たび幹事を選んだら、その任期期間は、その幹事に制御されます。しかも、どのような理不尽な制御でも、会はこれを禁じる手段を持ちません。これはあの魔法の箒で掃いて、なんでも白紙に戻してしまう策士のやり方です。聴いて下さい。ドイツ国の諸会で、その幹事に主権があるために潰れた例は数え切れないほどあります。学術上の会でもやはり同じです。これは一八四八年にフランクフルト国民会議が開かれて、憲法が制定されて以来、諸組織が国会を模倣した結果、犯した失敗です。大和会がまたこれを継げば、識者の苦笑を誘うだけです。それでも、会の某事を幹事に委託するのは可です。ただその委託の区域は狭い方がいいでしょう。区域がどんどん狭くなれば、逆に会議の項目はますます広がります。この勢いを停めることは、誰にもできません。最後にはっきりと断言します。本会に議事があるのは当然の成り行きです。懇親と分立させて、両者を活かしきりましょう。この提案で会を行なえば、まず議事規則を設けて、あの不備な会則を再び閲覧すべきなのです」以上を、反発覚悟で、あえてぶちまけた。

十一月二十七日　夜與倉獣医と「トップフェルズホテル」で語り合った。

十一月二十八日　石君とコーラーを訪ねて、隊附事務を学ぶために、プロシアの軍隊に入りたい旨を話した。

十一月三十日　シャイベが来た。

十二月二日　シャイベ、ヴェルナーに誘われて、石君、谷口とベルリン府消毒所及びベルリン第一系統下水排送所を見学する。二つの施設は並んでライヒェンベルガー通りにあった。ノルエーの軍医某もまた見学に来ていた。

十二月三日　夜巽軒と会う。巽軒はドイツの詩人フローレンツを連れて来た。フローレンツの名前は、カール・アドルフと言って、まだ少年だった。おれに詩稿を見せた。その中にウーラントを詠った作品が混じっていた。ハイネを手本として、彼を持ち上げ、その詩作法を抑えていた。とっても口にし易い詩だ。フローレンツが説明する。「もうじき、東洋詩一巻を上梓します。訳した詩は、李太白と、今ここにいらっしゃる井上巽軒先生の詩です」おれは腹の中で思った。「西洋人が東洋の詩を訳そうとすると、支那では『毛詩』までが、日本だと『古今集』の春の部までが、まあ精一杯だ。そこへ行くと、フローレンツの訳詩は、まことに素晴しい。でも、なんだな、李太白と井上巽軒の詩を同段の棚で扱うのは、ちと奇をてらい過ぎていないか」と。すると、おれの表情でも読んだのか、フローレンツが自ら説明をした。「梵文、つまりサンスクリット語と漢字には自信を持っています」と。

十二月六日　家から手紙が届いた。朝北里が来た。「聞いた話だが、福島はこの頃やっと某の邪悪さに気がついて、武島務を辱めた暴挙を大いに悔いているそうだ」と。

十二月九日　山口大佐、石井大尉がベルリンに来て、「皇太子ホテル」に宿泊したと聞いた。会いに出掛ける。

十二月十日　西園寺公望全権公使が来る。駅に迎えに出る。土方、佐々木たちと「ヨスティ洋菓子店」で会った。西郷隆盛の子、西郷寅太郎を初めて見た。軍事研究のために、ドイツに留学したそうだ。

十二月十二日　陸軍省に赴いた。石君の命令を受けて、シャイベと器械購入の件を話したのである。早川の見舞いに行った。数日前に鼻痔を取り除く手術を受けたが、未だに完治していない。夜福島を訪ねた。この日、石君、並びに田口大学教授とステッチンに行った。ステッチンは北ドイツのオーデル河畔にある軍事都市である。また友侶《つれ》の母の故郷でもある。

十二月十四日　石君、田口と共に、ステッチンに入った。かつて東京に居たシュルツェを訪ねた。

十二月十五日　拙文を「大日本私立衛生会」に寄せた。パウドウヰン・レエサムの演説草稿がペッテンコッファーの説を根拠とするかのように言いながら、その論旨はこれに反し、誤りの多いことを指摘した文章である。石君らとベルリンに戻る。

十二月十八日　仙賀と哲学を談じた。

十二月十九日　田口が大学紀要中に掲載した「黴毒菌論」一篇を寄越す。シャイベが舅姑をマクデブルクに訪ねるそうで、やって来て別れを告げた。

十二月二十日　北里が来た。江口は少しも学問の精神がなく、言論が陋見浅識《ろうけんせんしき》極まりないと説いた。

十二月二十三日　新調の軍服が届いた。

十二月二十四日　クリスマス・イヴである。江口、片山などと石君の家で会った。日本料理のもてなしがあった。友侶《つれ》はクリスマス・イヴやクリスマスには関心がない。

十二月二十五日　夜隈川を訪ねる。隈川は最近自分の体を実験対象にして、単に菜食のみで生活をしている。その心意気や愛すべしである。

十二月二十六日　大和会で、新任の公使である西園寺公望を迎え、姉小路が帰国するのを送った。

十二月二十七日　夜ミュラーを訪ねた。

十二月二十八日　西園寺公使が宴を開いて、同邦人を招いた。おれもまたこの会に与《あずか》った。乃木少将が祝辞を述べた。小さな声でぽつりぽつりと話すので、何を言っているのか、よく解らなかった。ところが、石君が雄弁で参加者をびっくりさせた。その大意はこうである。「大和会で横山氏が公使に対してこのように述べた。『欧州に居る東洋の公使は事務が少なく、適当に書生を補助すればいい云々』しかし、欧州からロシアまでの鉄道をひとたび竣工して開通したならば、東洋と西洋とどうして付き合いが密接にならないでしょうか。公使は他年の多事を見なければいけません。結論を言いますと、私は公使がそのご多忙の中に暇を見つけて、片手間に書生を補助するやり方を望む者です」公使が返答をした。「自分は能力が低いのに、このように責任が重い仕事を命じられました。こうなれば朝早くから夜遅くまで心配をしまくって気遣いながら働きます」

十二月三十日　石君を訪ねた。

十二月三十一日　友侶《つれ》と除夜の宴を開いた。元日の朝まで肩を寄せ合って過ごした。

明治二十一年一月一日　石君及び谷口と一等ドロシュケ（辻馬車）を雇い、年賀の挨拶に諸家に赴いた。

一月二日　大和会の新年会であった。ドイツ語で演説を試みた。全権公使の西園寺公望が杯を挙げながら近づいて来た。「外国語に精通して、しかもあの域まで至るとは敬服に耐えないよ」と。

一月三日　楠が訪ねて来た。

一月四日　亀井子爵の宴に赴いた。子爵はこの日大学に入学した。また健康である。

一月八日　川上少将を訪ねた。少将は病を持っている。蛋白尿を調べた。ゲルハルト医師が一度診て、それから石黒、谷口が治療に当たった。少将はベッドの前におれを呼び寄せて坐らせると、こう話し出した。「我が国の陸軍は、従来主計官を優遇して、命を守る軍医官を冷遇してきた。これは弊害である。すぐに改めるべきだ」また彼がかつて西郷に従って北海に赴いた体験を懐かしそうに語った。でも、途中で南州（西郷隆盛）の風采を思い出したのか、声が大きくなって現今の政府に慷慨した。深夜になったので、頭を下げて帰った。

一月九日　高橋繁のために送別の宴を催した。医者の類はみんな集まった。石君が演説をした。大意はこうである。「君の学が成就して大阪に帰るのを祝します。ドイツ医学を大阪に輸入できるのは喜ばしい。私は才知才能に乏しいけれど、ドイツ医学を日本に輸入した独りです。願わくはその次第を述べて祝辞に代えようと思います。戊辰の役の際に、戦士をちゃんと治療できる医者が居ませんでした。英国全権大使のパークスの周旋でウーリスを招聘しました。ウーリスは報酬を辞退して、力を貸してくれました。このため、イギリス医学は日本政府の信頼を勝ち得ました。未だに日本の多くの大学ではウーリスを雇いたいと考えています。そこで私は相良知安と一緒にフェルベックに相談しました。フェルベックはオランダ人です。米国に渡って居ましたが、この時は日本に来ていました。しかも、性格がまっすぐな男でした。プロシアを敬っていました。こう言うのです。『ドイツの学問が日本に入れば、日本の民はドイツの政体を見る機会を得るでしょう。主権在君の立憲制です。これは大いに王権に利益がありますよ』と。私たちはこの旨を上申しました。すると、朝廷の評議会はこれを受け入れました。政府はミュラーとホフマンの二氏を招聘したのです。また留学生を十三人も外国に派遣しました。池田謙斎や大沢謙二たちが欧州で学んだのです。これが、ドイツ医学が日本に入って来た初めです」云々。

一月十日　夜石君と話した。

一月十一日　「ドイツ戯園」に行った。「ドン・カルロス」を観た。ゲスナーの美貌、ポーザの演技は、まったくもって素晴しい。

一月十二日　アルトゥール・ハイネが来た。貧しい学生である。文章を清書させた。午後石君と公使館に出向いた。

一月十六日　北里と早川が来た。

一月十七日　石君を訪ねた。

一月十八日　夜早川が来た。おれのためにクラウゼヴィッツの兵書（『戦争論』）の話をしてくれた。クラウゼヴィッツは兵事哲学者とでも言うべき人である。その文章は難解、深遠で、ドイツ留学の日本人将校たちでもきちんとこの本を理解する能力がない。早川もそうだと言う。そこできょうから早川のために、毎週二回クラウゼヴィッツの『戦争論』の講座を開く約束をした。

一月十九日　近衛歩兵第三連隊の兵営を見学した。石君や谷口も同行した。

一月二十日　近衛龍騎兵第二連隊の兵営と陸軍の囚獄を見学した。

一月二十三日　高橋繁が旅立った。おれに彼の著述を上梓する旨を託した。

一月二十四日　近衛野砲第二連隊の兵営と廃兵院を見学した。廃兵院長官で陸軍大尉のヴェルフェンがおれたちを連れて一室に入った。装飾がすこぶる美しい部屋だった。一隅に同氏の大理石像が置いてあった。「この廃兵院はフリードリヒ大帝が創立したのです。その銘にいわく『傷つきたれども敗れざる兵のために』とあります。これは爽快なお言葉ではありませんか」と。そこへたまたまミュラーが来た。前述したかも知れないが、かつて日本に居た人である。

一月二十九日　「シルレル骨喜店《コーヒー》」に行った。

一月三十日　早川が来た。

一月三十一日　夜音楽を「工家堂」で聴く。

二月十四日　北里、江口、片山、隈川などが来た。江口は軽はずみだ。欧州文芸の林に入ったのに、花を採り、実を拾うつもりが少しもなかった。巧みな口で役人に媚びて、病家を得たのを名誉とした。学者は彼と仲間になるのを恥じるし、世間の人は彼を侮った。一度海江田氏が病に罹った。江口を招いた。江口が来た。口がうまく、しかも饒舌で、海江田の歓心を買おうとした。ところが、海江田は薩摩の人だ。気性が立派で、節操が高い。大いに江口のへつらいを嫌った。彼を退けて、佐藤恒久を呼んだ。また江口は斎藤修一郎が「けじらみ」に取り付かれるや、石君の処方を話してさっさと帰った。斎藤は江口に不信感を持った。江口はこの話を聞くと、こう話した。「もし石君の薬で治らないようならば、もう一つの別の処方を試みようと思っていた」と。斎藤が言う。「もし一番目の処方で治らないならば、石君その人に二番目の処方を授かるさ。ぼくは江口なんか、もう二度とご免だよ」と。江口は恥じて顔を真っ赤に染めた。あとは推して知るべし。夜宴のために公使館に出向く。

二月十五日　家から手紙が届いた。潤三郎が例のごとく長い手紙をしたためてくれた。無二の親友の加古鶴所が、谷口について「アンナ奴が（ドイツニ）イッタツテ何ガ出来ル者カ」と言ったとか、谷口への悪評が満載だった。小池正直の『雞林《けいりん》医事』の訳本『朝鮮の三年』の第一稿が出来上がる。

二月十六日　地理学者のラインと文書の往復を始めた。ラインは『日本』と題する風土物産記の編者である。これより先に、横山又二郎が手紙で「かつて日本産の甲殻類の事を叙述したドイツ人リシュケの住まいを知っているか」と尋ねてきた。おれも知らなかったので、諸家に問い合わせた。すると、このラインがおれのナウマンとの争論を評価してくれていて、おれに詳細な返書をくれた。「リシュケは亡くなって久しい」と教えてくれたのだった。

二月十七日　動物学者であるヒルゲンドルフの著書が届いた。言うところは、ラインと同じだった。

二月十八日　北里、江口たちと片山の家で会った。北里がペーケルハーリング教授と、脚気細菌の事で争論を始めたと語った。ペーケルハーリングは脚気を一種の菌による病気と説いていた。しかし、北里はペーケルハーリングが脚気菌だと主張する菌を取り寄せて、それが脚気と無関係な事を証明するといきごんでいた。

二月二十一日　石君とコーラー及びシャイベを訪ねる。

二月二十二日　午前中に石君が訪ねてきた。

二月二十三日　早川が来た。「江口という奴は、言動が怪し過ぎる」云々と言う。

二月二十九日　早川を訪ねた。

三月八日　家から手紙が届く。妹喜美子が小金井良精教授に嫁する可否を訊かれた。加古鶴所の仲立ちである。同意すると電報を打った。陸軍省医務局に出向いた。コーラーと話したいと思ったのである。不在だった。彼の家を訪ねて会った。公使館に福島を訪ねた。不在だった。メモを残して帰った。どれも入隊の事に関しての行動である。午後ドイツ帝のヴィルヘルム一世が病気で危篤との情報が流れた。全都が騒然となった。

三月九日 ドイツ帝ヴィルヘルム第一世がご崩御する。

三月十日 プロシア国近衛歩兵第二連隊の医務に服せとの命令があった。隊務日記の稿を起こした。

四月一日 引っ越した。新しい下宿は、古ベルリンのハーケ市場と呼ばれている大通りの角に建っている建物で、大首座街第十号の第三階層である。室内装飾が華麗この上ない。またバルコニーには、大きな鉄の鉢を置いて、中には花の咲く草が植えてある。鉢の周りには蔦かずらが感じよくまつわりついている。少女が、いや「友侶《つれ》」が住みたくなるような部屋である。書架は備え付けではない。おれが廉価なので買い求めた私有物である。新たに得た奇書を差し挟み、時に我が意に沿った本を引き出して、むさぼり読む。退屈を慰めるには、これで十分である。日課としては、だいたいだが、六時三十分に起きて、手洗いや歯磨き及び着替えを済ませる。七時に「友侶《つれ》」が用意してくれたコーヒーとパンを食して、七時三十分に門前の鉄道馬車に乗り込めば、八時前にフリードリッヒ通りのプロシア国近衛歩兵第二連隊第一及び第二大隊の営舎に到達すると心得ている。ここでいわゆる営内病室勤務を果たし、転じてカール街の第三大隊の兵舎に赴いて、同様の勤務を果たす。班務は我が国の軍隊の朝診断と呼ばれている行為に相当する。この後で「トップフェルズホテル」で昼食を摂る。石君とは毎昼このレストランで顔を合わせる。そのほか、田口大学教授もここで昼食を摂っている。午後は時々だが、連隊医官ケーラーの国会岸の住まいを訪ねて命令を受ける日もある。班務は日曜日や祭日といっても、休日にはならない。近著「水道中の病原菌について」一篇が活字になった。コッホ先生の研究室での業績で、先生が「衛生学雑誌」の第四巻に掲載してくれた論文である。

五月十四日　名士のフィルヒョウ先生が、南方（トロイの発掘）から戻ったので、シェリング通りの御自宅を訪ねた。拙論「日本家屋論」を携えての訪問で、その閲覧をお願いするためである。フィルヒョウ先生が南方から戻ると、すぐに国会の政友は予算令の不備のために、先生の応援演説を求めた。また病気の王は英国の医者の治療を受けるといっても、やはり先生の解剖学上の検査を待つという多忙さである。このように引く手あまたの中で、大学の講義は即時にすべてを再開した。これには関係者のみんながびっくりした。今このように歳が若く経験の乏しい書生っぽが現われて、拙劣な著作の閲覧を求めても、フィルヒョウ先生はたちまち喜び迎えてくれて、しばらくの間のんびりとお話しになる。しかも、拙著を残させて、閲覧した後で人類学会に送付して、印刷させせようと約束してくれた。じつに怖れ多い。先生は仕事が多ければ多いほど好都合だという風采である。ついでだと言いながら、話が三浦の送って来たという新著にまで及び、三浦の篤学を称讃した。いったい先生はいつ読み上げる時間を作ったのだろうか。おれはまたかつて訳した小池正直の「雞林《けいりん》医事」を話題にして、先生の意見を訊いた。すると「それをベルリン民俗博物館のバスチアン館長の許に預けて、評価を定めてもらおう」と言われた。翌日館に出向いて、バスチアンと会った。東洋人種の源流とその宗教について話し合った。「雞林医事」の訳文を置いて帰った。

附録

詠柏林婦人七絶句　　ベルリンの女性を詠った七篇の七言絶句

其一　試衣娘子　　其一　マネキン

試衣娘子艶如花。　試衣を身にまとうマネキン娘は花のように美しくてなまめかしい。

時様粧成豈厭奢。　流行を装うのにどうして贅沢を嫌がるだろうか（嫌がりはしない）。

自道妃嬪非有種。　自ら述べるには「私だってお姫様になれないわけではないのよ。

平生不上碧燈車。　でもいつだって飾り車にも上がらないから目立たないのよ」

其二　売漿婦　　其二　ソーダ水売り

一杯笑療相如渇。　笑顔で差し出される一杯のソーダ水は、心の渇きも癒してくれる。

粗服軽妝自在身。　彼女を見ると、粗末な服にさっぱりした化粧だ。

冷淡之中存妙味。　言葉遣いも素っ気ない。でもどこか懐かしくて親しみを覚える。

都城有此売漿人。　大都会ベルリンには、こんなソーダ水売りの娘が居るものだ。

其三　行酒兒
紅燭掲簷売緑醅。
幾多小室暖如煨。
怪他娘子殊嗜好。
特向書生笑口開。

其四　歌妓
嬌喉唱出斬新詞。
挿句時看意匠奇。
萬巻文章属無用。
多君隻関解人頤。

其五　家婢
效顰主婦曳長裳。
途遇尖鍪百事忘。
誰識庖中割羊肉。
先偸片臠餽阿郎。

其三　ホステス
紅燈を軒に掲げて緑酒を売る。
店内にはたくさんの小さな部屋があって火のように暖かい。
あのホステスは他のホステスと男の好みが違うのだろうか。
どういうわけか、学生の自分にだけとりわけ笑顔を見せてくれる。

其四　喜劇の侍女
美しい声で真新しい歌詞を歌い、
時にはアドリブで洒落を口走る
その愉しさはどんな文章も無用にするほどで、
君の一言一言が客たちを笑わせて心を解き放ってくれる。

其五　メイド
奥様の長いドレスを体にくっ付けて、奥様の真似をしてみる。
お使いの途中で素敵な兵士に出遭うと、つい用事を忘れてしまう。
誰も気がついてはいないが、台所で羊肉を切り割くと、
その一片をこっそり男にやっている。

其六　私窩兒

二八早看顔色衰。
堪驚絳舌巧讒訾。
柏林自有殊巴里。
唯売形骸不売媚。

其七　露市婆

家積餘財兒読書。
老來休笑立門閭。
鐘鳴十二竿燈暗。
一簏腥風売鮑魚。

其六　売春婦

まだ十六歳なのに、その若さで早くも色艶が衰えている。
その紅い唇から悪口を巧みに吐き出すのには呆れ返る。
こんなベルリンの娼婦でも、パリの娼婦とは異なる点がある。
それは体を売っても、心までは売らない、この気風だ。

其七　行商の老婆

お金持ちの家に育って、子どもの頃は読書などもしていた。
年老いてからは微笑むこともなく、町の出入口に佇む身となった。
教会の鐘が午前零時を報せて、街燈も消えて行く。
こんな時間まで塩漬けの生臭い魚を売っている。

——了——

あとがきに代えて

森鷗外は明治十七（一八八四）年からの四年間、陸軍軍医として、ドイツに留学した。ドイツでは、毎日ではないが、日記を付けていた。『在徳記』と呼ばれる、漢文体の日記である。しかし、これを発表するときに、まずタイトルを『独逸日記』として、仮名混じり文に書き換えた。そして、故長谷川泉先生からご教示戴いたのだが、初恋の女性「エリーゼ」に関する文章をすべからく削除した。このように発表する段階で、大幅な添削・校正を施しているので、どこか後出しジャンケンに似ている。しかし、このため不都合な言葉遣いが多々見つけられる。たとえば、日記であるにも関わらず「この日は」などという言い回しが随所に散らばっている。

しかし、「エリーゼ」を削除したと言われると、いつの、どこを「削除」したのかが気になる。明治二十（一八八七）年の六月一日の日記には、「頃日専ら菌学を修む」と始まって、「北里、隅川の二氏と（中略）、週ごとに一二度郊外に遊ぶより外興あることもなし」と書き残している。エリーゼを隠すために、後からわざとこのような文章を入れた、とは考えにくい。そこまで策を弄する必要がないからだ。つまりどうやら、この時点でエリーゼと知り合っていたとは思えない。そして、この二週間後に「マリイ街」から「僧房街」に引っ越す。「僧房街」は「所謂古伯林に近く、或は悪漢淫婦の巣窟なり」という場所で、ユダヤ人も大勢住んでいた。むりやりこうだと主張するつもりもないが、『舞姫』で太田豊太郎がエリスと初めて遭遇したときの環境に近い。この三ヶ月後の九月十六日に、石黒のお供？でカールスルーエに発つ。『舞姫』ではこの時にはすでに太田豊太郎とエリスはしばしの別れを互いに惜しんでいる。実際に九月十七日の日記には、鷗外は途中のヴュルツブルクの「国民ホテル」で目を覚ますと、部屋の窓を開いて、ベルリンの方角を眺めながら、漢詩を詠む。「回首北都雲気暗」（首を廻らして、北都ベルリンの方を伺えば暗雲が立ち込めている）なぜ鷗外はベルリンを気にするのか。あれだけ青春を謳歌して人生を楽しんだミュンヘンの空ですら、眺めようともしなかったのに。やはり、この時点ではすでにエリーゼと出会っていたのであろう。「郊外に遊ぶより外興あることもなし」ではないのだ。どうやら、鷗外がエリーゼと出会ったのは、明治二十年の六月十五日から九月十六日の三ヶ月間の、それも早いうちではないだろうか。また十一月十九日に「夜「ヨスティ」骨喜店に至る。」と一行のみ記してある日があり、十二月三十一日にはやはり一文で「友侶《つれ》と除夜の宴を開く。」とだけ記している。あれだけ日記に上司や友人の名前を事細かに書き残しているのに、この二日は誰の名前も記さないのみならず、「友侶《つれ》」などと他日では使用していない、不思議な普通名詞を用いている。いや、十一月十九日は独りで骨喜店に行ったのかもしれない。でも、それならその店で「本を読んだ」とかの説明があるはずで、他日には大和会館などに出掛けて独り読書をしたとの記述が見つけられる。すると、エリーゼと二人で出掛けたのか、それとも淫婦を買いに行ったのか。

この「ヨスティ骨喜店」は三週間後の十二月十日に土方や佐々木たちと再び訪れているが、この時は「ヨスティ菓子屋」と記されている。思うにコーヒーが飲めてケーキやクッキーが食べられる店だ。しかも、男たちと行ったときは「菓子店」で、「友侶《つれ》」を同伴した疑いが濃い十一月十九日の夜は「骨喜店」と記しているのが何やら微笑ましい。

いや、もっと不思議なのは、前述の十二月三十一日の日記で、「友侶《つれ》と除夜の宴を開く。」だ。この「友侶《つれ》」は、どう考えても、やはりエリーゼではないのか。またこの「友侶」がエリーゼならば、なぜ恋人と十二月二十四日に逢わないのか。この日、日記によれば、鷗外は石君の家に行って、江口や片山と宴を開いている。しかし、恋人が耶蘇教徒ではなくて、ユダヤ人であるならば、クリスマス・イヴは単にケの日の晩である。

いったいミュンヘンでは、鷗外の下宿は千客万来の体であった。鷗外自身が訪ねて行くよりも、客が訪ねて来る方がよっぽど多い。しかし、ベルリンになると、来客はぐっと減って、鷗外が人を訪ね回るのである。どうだろうか。ベルリンの鷗外は下宿に訪ねて来られるのは不都合なのだろうか。たとえば、エリーゼと同棲していたから……

いずれにしろ、鷗外の留学は「青春」を満喫している。自分で掛けた森家の枷も外れたのだろう。能力・才能をめいっぱい発揮して、相手の身分の高低に関わらず、様々な人々と心を通わせている。また鷗外の周りにいる、北里や谷口や武島だって、辛酸は舐めても青春時代を謳歌している。

この日々の様子は、鷗外の留学から十六年後の、明治三十三（一九〇〇）年に文部省から年額一八〇〇円で、ロンドンに留学させられた夏目漱石とは大きな違いがあった。

またこのたった三年後の明治三十六（一九〇三）年になると、永井荷風がアメリカに「遊学」する。荷風は明治四十年までアメリカでぶらぶらする。その後も、父親の反対を押し切って、一年間ほどフランスに渡る。軍でもなく、国でもなく、親のお金で外遊するのである。

明治の文学者三人のそれぞれの外国暮らし、アウェイでの生活体験である。

また恥ずかしながら、今回の『ドイツ日記』の意訳には、自分の北マリアナ連邦ロタ島での生活体験が、少しばかり役に立ったような気がした。

さらに、蛇足だが、鷗外は「コーヒー店」を「骨喜店」と漢字を当てる。また「通訳」を「舌人」と書く。この二つの当て字が、理由もなく大好きだ。

荻原雄一

なお、本現代語訳は『森鷗外全集7』（筑摩書房、昭和四十六年八月五日刊）を底本とし、次に挙げる両書によって適宜内容を補った。『日本からの手紙　滞独時代森鷗外宛　1884―1886』（文京区森鷗外記念館、二〇一八年十一月三十日刊）、『近代文学研究資料叢書（8）日本からの手紙　滞独時代森鷗外宛　1886―1888』（財団法人日本近代文学館、昭和五十八年四月三十日刊）。

訳者・荻原雄一氏の仕事を紹介します。

河原林晶子

森鷗外は日本の近代作家で、誰もが知っている大文豪です。今更紹介する必要もないと思います。そこでこの機会に文壇から遠く離れていて「知る人ぞのみ知る」、つまり一般的には決して有名ではない荻原雄一氏の仕事ぶりを根ほり葉ほり紹介したいと思います。

氏は今から四十一年前の二十七歳の時に『バネ仕掛けの夢想』（昭和五三年　味爽社／昭和五六年　教育出版センター）という「記号論」を用いた論文集を出版して、文学界で注目されました。「記号論」は、日本は元より、未だ欧米諸国でも流行していなかった時代です。氏はこの著書の中で「丸山健二」「倉橋由美子」「芥川龍之介」を論じています。たとえば芥川の『藪の中』も、氏が発見した芥川特有の「構図」を当てはめると、犯人が誰なのか明確に判明します。またこの「構図」を使って、作者芥川の思考法や人間性まで解き明かしたところに、文学研究者としての才能の萌芽が伺えます。また丸山健二氏や倉橋由美子氏と、個人的にも繋がりができたようです。と言うのも、丸山健二氏の紹介で、実力派の芥川賞作家・野呂邦暢氏と文通を始めました。『バネ仕掛けの夢想』の帯文は、この野呂邦暢氏がしたためております。

小説家としては、二十八歳の時に新聞連載小説『魂極る』（二〇〇〇枚）でデビューしました。賭殺所で働く子連れ青年の悩みや恋を活写した小説です。また二十八歳での新聞連載小説の執筆は、三島由紀夫氏・有吉佐和子氏と並んで、戦後三番目の若さでした。この単行本は昭和五十八年にオレンジ・ポコから三巻セットで出版されました。この後、氏は『消えたモーテルジャック』（昭和六十一年立風書房）を出版して、これは5版三万部のベストセラーとなり、小説家としてもメジャー・デビューを果たしました。

このベストセラー小説をきっかけに、氏は文学研究と小説創作の融合を目指します。まず森鷗外の『舞姫』研究に着手して、ヒロインのエリスが、そのファミリー・ネームなどからユダヤ人であると看破します。作中エリスには「訛」があり、手紙には誤字が多いと書かれています。が、これも彼女がユダヤ人なので「イッディシュ」を話し、文字も「ヘブライ・アルファベット」で綴るからだとの解釈は衝撃でした。この論文は「『舞姫』再考――エリス、ユダヤ人問題から」のタイトルで、「国文学　解釈と観賞」（平成元年九月号　至文堂）に「特別寄稿」として発表され、後年にはこの「エリス、ユダヤ人論」に賛同した論文を集めて、荻原雄一編で『『舞姫』　エリス、ユダヤ人論』（平成十三年至文堂）として単行本化されました。この間に、氏は森鷗外の初恋における心情などを七〇〇枚の長篇小説にまとめて『小説　鷗外の恋　永遠の今』（平成四年　立風書房）として発表しました。論文と小説の二刀流で表現する前人未到の方法の始まりです。この『小説　鷗外の恋　永遠の今』は、昨年亡くなられた俳優座の看板俳優・加藤剛氏を感涙させて、平成五年一月に新宿紀伊国屋ホールで「舞

姫　エリーゼのために」と銘打って、大山勝美演出・加藤剛主演で、三週間もの長期公演を果たしました。この舞台はNHKのBSプレミアムで全国放送され、高視聴率だったためか再放送も行なわれました。また九年後の平成十四年には、日本橋三越劇場の創立七十五周年記念として、やはり加藤剛主演で、俳優座が十八日間もの長期に渡って舞台化しました。現在氏が俳優座の特別研究員を務めているのは、この再演まで行なわれた芝居の原作者であるからです。

今世紀に入ると、氏の研究対象は、夏目漱石に向けられました。森鷗外は近代日本における「恋愛ゼロ世代」ですが、五歳若い夏目漱石は「恋愛第一世代」に当ります。しかし、周知のとおり、両者ともにその「初恋」が作品に影響を与えております。しかも、漱石に至っては、初恋の女性を生涯に渡って忘れられず、その全作品に影響を及ぼしていると指摘されてきました。研究者がその初恋の女性を血眼になって探しているのですが、荻原氏以前では「大塚楠尾子」が有力だとされてきました。しかし、氏は鏡子夫人が『漱石の思い出』で、「井上眼科の少女」（漱石が待合室で偶然再会した少女）が初恋の相手で、しかもその母親が「芸者上りの性悪の見栄坊」だったと、漱石自身が話していたとの記述に注目しました。「性悪の見栄坊」は漱石の主観ですが、「芸者上り」は客観的事実だと考えたのです。さらに『三四郎』を中国で翻訳出版した催萬秋氏が、鏡子夫人からじかに聞いた話として、相手とその家族に配慮しながらも、遠慮がちに、わざと曖昧に「外務省某局長の娘」だったと、その本の前書きで暴露している点にも注目しました。父親はその職階を明らかにしたら、誰だか一目瞭然に判明するような、「外務省某局長」以上の地位に居た偉い人……。氏は丹念に調査した結果、外務大臣陸奥宗光に辿り着きました。その妻は明治一の別嬪と評された陸奥亮子です。二人の間には一人娘が居て、その名を「陸奥清子（さやこ）」と言います。これまで研究者の間で、漱石作品には「キヨ」とか「清子」が頻繁に出て来る、これは誰なのかが論争になっていました。鏡子夫人（幼名キヨ）だとか高浜虚子（本名清）だとか。しかし、漱石作品を熟読すると、「キヨ」は女中やばあやで、絶筆の『明暗』だけが「清子」で理想の女性として描かれているのです。つまり、「キヨ」は生活の面倒をみる女性「鏡子夫人」で、「清子」は理想の女性「陸奥清子」のことだったのです。荻原氏は私が勤務する日本近代文学館に来館して、『明暗』の生原稿のレプリカを調べました。すると、初めて「清子」が登場する場面で、漱石自らの手で「きよこ」と読み仮名が振ってあったそうです。「清子」を「きよこ」と読ませるために、読み仮名が必要でしょうか。理想の女性「清子」を「さやこ」と読んでしまうのは、初恋の女性が誰だか知っている「鏡子夫人」だけです。また『猫』で寒月くんの恋人の母親が苦沙弥先生を訪ねます。この母親の鼻が大きいと言うので、苦沙弥先生と友人の迷亭が「鼻」とか「鼻子」と呼び捨てます。これは漱石の初恋の相手の母親、「性悪の見栄坊」と言い下している亮子が、「鹿鳴館の華」「ワシントン外交の華」と囃し立てられていた世評をもじったもので、決して肉体的な特徴を揶揄したものではないと発表しました。また「鼻子」は「金田」という苗字ですが、これも大金持ちだから、単に「金だ！」なのではありません。なんと亮子の旧姓が「金田」なのだそうです。『坊っちゃん』でも、赤シャツが囲っていた芸者の名前が「小鈴」ですが、これは亮子の新橋芸妓時代の座敷名です。また赤シャツがお座敷を出て行った後で、子分の野だが「小鈴」に「鈴ちゃん僕が紀伊の国を踊るから、一つ弾いて頂戴」と言います。「紀伊の国」は陸奥宗光の故国です。『三四郎』でも広田先生の初恋の相手は「顔に黒子がある」のですが、陸奥清子の顔にも大きい黒子があります。『それから』では代助の見合い相手が「ミス何とか」に教育を受けていますが、これは陸奥清子がミス・プリンス姉妹宅に約一年間預けられていた事実と重なります。限りがありません。漱石作品には「陸奥母娘」が頻繁に顔を出します。これらを氏は丁寧に指摘して、漱石作品でこれまで意味不明とされて来た箇所の解釈に光明を与え、論文集『改訂　漱石の初恋』（平成二十七年二月　未知谷）で学会の称讃を得ました。また翌年には、漱石の初恋をどのように調べ、その過程でどのような人たちと出会えたかを、ノン - フィクションで描きました。『〈漱石の初恋〉を探して』（平成二十八年二月　未知谷）の上梓です。この本は若い人たちに文学研究の楽しさを印象づけました。そして、その翌年には、漱石研究の総仕上げとして、七百枚の長篇小説『漱石、百年の恋。子規、最期の恋』（平成二十九年十月　未知谷）を出版しました。結果、漱石を論文・ノン - フィクション・小説と三形式で書き著したのです。氏の「漱石三部作」と呼ばれている作品群です。

さらに、荻原氏は闊達で、このたった半年後の平成三十年五月には、森鷗外の『舞姫』『うたかたの記』『文つかい』の三本の小説を現代語意訳しました。『鷗外・ドイツみやげ三部作』（未知谷）です。この意訳こそ、荻原式二刀流の頂点を極めた作品だと思います。鷗外の原文は格調高い文語で、しかも漢文体のように簡潔な文体です。氏はこれを研究者の眼で正しく読み取り、小説家の心で行間に隠された鷗外の心情を優しく汲み取って、現代語意訳に成功しております。『朝日新聞』の書評で、斎藤美奈子氏が鷗外の原文と荻原氏の意訳文を並べた上で、好意的な評価を与えたのも頷けます。そして、このわずか一年後に、氏は鷗外の『ドイツ日記』を現代語意訳して、本書『鷗外・ドイツ青春日記』を上梓したのです。

さて荻原氏は本書で一つのステージが終わったと考えているようです。それは氏が研究者と小説家の二刀流を目指して、大学の文学部に入学したのが一九七〇年で、今年が二〇一九年、つまり文学に頭まで浸かってから、今年でちょうど五十年が経過した個人史と関係があるようです。この間に出版した著書は、本書も入れて二十二冊にのぼります。氏は「次のステージへ！」と力瘤を見せます。でも、それがどのようなステージなのかは黙して語りません。じつに楽しみでもあり、またドキドキもしますが、氏の仕事の成果を期待して、これからも注目し続けようかと思っております。

（中京大学講師・日本近代文学館図書資料部職員）

もり おうがい

本名森林太郎。1862（文久２年）に、石見国鹿足郡津和野で生まれる。本来は津和野藩亀井家の14代典医となるはずだが、時代が明治となって、典医だった森家は没落。大学卒業後、陸軍軍医となって、陸軍省派遣留学生として４年間ドイツに留学。帰国後は小説家・評論家・翻訳家として文学活動を盛んに行なう。また陸軍では軍医総監まで昇り詰め、晩年は帝室博物館総長も務める。

おぎはら ゆういち

学歴：学習院大学文学部国文学科卒業
埼玉大学教養学部教養学科アメリカ研究コース卒業
学習院大学大学院人文科学研究科国文学専攻修士課程修了
経歴：東京学芸大学講師などを経て、現・名古屋芸術大学教授。
俳優座特別研究員。東京作家倶楽部会員。森鷗外記念会会員。
著書（論文）:『バネ仕掛けの夢想』（味爽社、1978／教育出版センター、1981）
『文学の危機』（高文堂出版社、1985）
『サンタクロース学入門』（高文堂出版社、1997）
『児童文学におけるサンタクロースの研究』（高文堂出版社、1998）
『サンタクロース学』（夏目書房、2001）
『「舞姫」――エリス、ユダヤ人論』（編著、至文堂、2001）
『サンタ・マニア』（のべる出版、2008）
『漱石の初恋』（未知谷、2014）
（小説）:『魂極る』（オレンジ‐ポコ、1983）
『消えたモーテルジャック』（立風書房、1986）
『楽園の腐ったリンゴ』（立風書房、1988）
『小説　鷗外の恋　永遠の今』（立風書房、1991）
『北京のスカート』（高文堂出版社、1995／のべる出版、2011）
『もうひとつの憂國』（夏目書房、2000）
『靖国炎上』（夏目書房、2006）
『漱石、百年の恋。子規、最期の恋。』（未知谷、2017）』
（ノン‐フィクション）:『〈漱石の初恋〉を探して』（未知谷　2016）
（翻訳）:『ニューヨークは泣かない』（夏目書房、2004／のべる出版、2008）
『マリアナ・バケーション』（未知谷、2009）
『鷗外・ドイツみやげ三部作』（未知谷、2018）
（写真集）:『ゴーギャンへの誘惑』（高文堂出版社、1990）

鷗外《おうがい》・ドイツ青春日記《せいしゅんにっき》

2019年5月20日初版印刷
2019年6月10日初版発行

著者　森鷗外
訳者　荻原雄一
発行者　飯島徹
発行所　未知谷
東京都千代田区神田猿楽町2丁目5-9　〒101-0064
Tel. 03-5281-3751 / Fax. 03-5281-3752
［振替］　00130-4-653627

組版　柏木薫
印刷所　ディグ
製本所　難波製本

Publisher Michitani Co, Ltd., Tokyo
Printed in Japan
ISBN 978-4-89642-579-6　C0095

荻原雄一の仕事

〈ノンフィクション〉

〈漱石の初恋〉を探して

「井上眼科の少女」とは誰か

小屋家から出た漱石の手紙
（漱石の親友・大塚保治の実家）
井上眼科の明治24年のカルテ
新発見資料に引き寄せられ
辿り着いた漱石の初恋
迫真のドキュメント！！

192頁＋口絵8頁　本体2000円

未知谷

荻原雄一の仕事

〈小説〉

漱石、百年の恋。子規、最期の恋。

数多くの文献を渉猟し、
幸運な出会いにも導かれ、
漱石の初恋の君に辿り着いた研究の成果が
漱石とその恋人、
友人たちの姿を描く小説作品として結実。
一大歴史ロマン。

408頁+口絵8頁　本体4000円

未知谷